KB078701

The Record of

재중 귀환록

FUSION FANTASTIC STORY

푸른 하늘 장편 소설

재중 귀환록 20

푸른 하늘 장편 소설

초판 1쇄 찍은 날 § 2016년 1월 5일
초판 1쇄 펴낸 날 § 2016년 1월 12일

지은이 § 푸른 하늘
펴낸이 § 서경석

편집책임 § 박가연

펴낸곳 § 도서출판 청어람
등록번호 § 제387-1999-000006호
등록일자 § 1999. 5. 31
어람번호 § 제1-2329호

주소 § 경기도 부천시 원미구 부일로 483번길 40 서경B/D 3F (우) 14640
전화 § 032-656-4452 팩스 § 032-656-4453
http://www.chungeoram.com
E-mail § chungeorambook@daum.net

ISBN 979-11-04-90586-5 04810
ISBN 979-11-5681-939-4 (세트)

The Record of Dragon's Return

재중
귀환록

20

원인과 결과
[완결]

푸른 하늘 장편 소설

FUSION FANTASTIC STORY

도서출판 청어람

CONTENTS

Chapter 01
상부상조

재중귀환록

MI6 국장과의 만남은 별다를 게 없었다.

어차피 칼자루는 재중이 쥐고 있었다.

마나의 인도자들을 제어해 달라는 MI6 국장의 부탁을 재중이 일언지하에 거절한 것만 빼면 분위기도 그다지 나쁘지 않은 편이었다.

MI6 국장도 사실 재중이 그 부탁을 들어줄 것이라고는 생각하지 않고 있었다.

하지만 뜻밖에도 재중의 입에서 나온 라스푸틴의 존재가 분위기를 일변시켰다.

그리고 그들의 제자들이 CIA와 함께 움직이고 있다는 것, 거기다 버드 프로젝트라고 알려진 검은 슈트와 클론을 이용한 프로젝트의 핵심 내용, 그밖에 어느 정도 감춰져 있던 내용들은 그야말로 충격적이었다.

　아무리 MI6의 국장이라도 표정에서 핏기가 사라지는 것은 당연했다.

　설마 하니 흑마법사에게서 클론을 받았을 줄은, 그리고 그것을 통해 검은 슈트 프로젝트를 현장에 투입할 정도로 완성했을 것이라고는 생각지도 못했다.

　"이건 선물입니다."

　거기다 재중이 조용히 MI6 국장에게 내민 것은 CIA에서 잃어버린 검은 슈트였다.

　사건 당시 테라가 챙겼던 것이다.

　이후 쭉 테라가 갖고 있기는 했지만 테라는 이미 다 살펴본 뒤여서 관심이 멀어진 것이었는데 그걸 이렇게 이용한 것이다.

　MI6와 CIA를 서로 대립시키는 용도로 말이다.

　"…큰 도움을 받았군요."

　MI6 국장의 입에서 쉽게 나올 말은 아니다.

　하지만 재중이 넘긴 CIA에서 만든 검은 슈트는 확실히 그런 인사를 받을 만한 가치가 차고 넘치는 물건인 셈이다.

검은 슈트가 CIA 중에서도 극비 프로젝트로 아는 사람이 몇 없는 것을 생각하면 말이다.

"그러면 린다 마릴 양이 다시 재중 씨를 보좌해도 될까요?"

이미 한 번 큰 실수를 했고 재중에게 믿음을 잃어버린 상태다.

하지만 국장의 입장으로는 재중의 곁에 MI6 요원 한 명이 있는 것과 없는 것의 차이가 얼마나 큰지 검은 슈트로인해 새삼 깨닫게 된 것이다.

MI6 국장은 어려운 말임을 알면서도 무작정 부탁할 수밖에 없었다.

씨익~

그런데 그런 MI6 국장의 부탁에 재중은 오히려 입가에미소를 지었다.

상황이 급변해서 예전과는 조금 달라졌다.

전에는 있어도 그만, 없어도 그만인 린다 마릴이었다.

하지만 이제는 린다 마릴이 재중에게도 필요한 존재가되었다.

CIA와 악연이 시작된 이상 정보요원을 상대하려면 재중의 곁에도 정보요원이 필요했다.

그리고 현재 재중의 인맥 중에서 린다 마릴만큼 신뢰가
가고 유능한 사람이 없기에 고개를 끄덕였다.

"그럼 제가 나갈 때 같이 데리고 가겠습니다."

"네."

애초에 재중이 MI6 국장을 만난 것은 어느 정도 이렇게
상황이 벌어질 것을 예상했기 때문이다.

재중으로서는 자신이 원하는 것은 다 이룬 셈이다.

MI6와 CIA가 서로 견제하도록 만들었고, 덤으로 린다
마릴까지 다시 얻었으니 말이다.

"재중 씨는 제가 CIA의 방패가 되어주길 원하는 거죠?"

MI6 본부를 나와서 재중과 단둘이 있게 되자 린다 마릴
이 기다렸다는 듯 물어왔다.

재중은 그저 고개를 끄덕일 뿐이었다.

코드 넘버 007인 린다 마릴이다.

그녀가 지금 상황에 재중의 의중을 파악하지 못하고 있
다는 것은 요원으로서 자격이 없는 셈이니 말이다.

물론 국장도 그걸 알고 있었다.

하지만 재중이 내민 검은 슈트는 충분히 값어치를 했으
니 결국 서로 윈윈한 셈이다.

"뭐 어차피 저도 그 정도는 예상했으니 상관은 없는

데… 도대체 왜 영국에 모든 일행을 불러 모은 건가요?"

재중은 그 누구도 모르는 안전가옥에 일행을 두고 혼자 움직였다.

마법사에게 평범한 사람은 오히려 짐이라는 것은 린다 마릴도 충분히 알고 있으니 그건 이해할 수 있었다.

하지만 돌연 재중은 자신이 가장 아끼는 연아까지 영국으로 불러들였다.

거기다 연아의 비서로 있는 바네사까지 MI6로 보냈다는 것은 아무리 봐도 자연스러운 행동이 아니었다.

"목표가 바뀌었으니까요."

"라스푸틴을 잡는 게 아니었어요?"

"그건 맞아요."

"네? 그런데 목표가 바뀌다니……?"

라스푸틴을 재중이 찾고 있다는 것쯤은 잠시만 같이 다녀도 누구라도 알 수 있는 일이니 특별할 것이 없지만, 재중의 지금 모습은 무언가 숨기는 것이 있었다.

요원의 직감으로 알았다.

"혹시 고대 문자나 희귀 언어에 대해서 잘 아는 분을 소개해 줄 수 있나요?"

뜬금없는 질문이다. 그러나 린다 마릴은 순간 떠오른 인물이 있어 고개를 끄덕였다.

하지만 린다 마릴의 눈동자에는 궁금함이 가득했다.

"그거야 상관없지만… 뜬금없이 웬 고대 문자예요?"

"라스푸틴의 목적이 무언지 대충 감을 잡았거든요."

"네?"

린다 마릴은 재중의 표정을 통해 지금 재중이 한 말이 진실이라는 것을 알았다.

그러나 딱 거기까지만 알 뿐 여전히 어떻게 상황이 돌아가는지는 알지 못하는 표정이다.

"그보다… 지금 어디로 가는 길이죠?"

린다 마릴은 명령 때문에 어차피 무조건 재중을 따라다녀야 하는 신세다.

그러나 무작정 쫓아다니기보다는 어디로 향하는지 정도는 알아야 최소한의 편의를 봐줄 수 있기에 질문했다.

"러시아로 갑니다."

"네? 뜬금없이… 러시아는 왜……?"

갑자기 러시아로 간다는 재중의 말에 린다 마릴은 놀라면서 난감한 표정을 지었다.

러시아는 자신들의 힘이 크게 미치지 못하는 국가였기 때문이다.

"바이칼 호수가 거기 있으니까요."

"…바이칼 호수라면… 지금… 이면… 겨울이군요."

워낙에 동에 번쩍, 서에 번쩍 하는 재중이다.

그러다 보니 린다 마릴도 바이칼 호수를 찾아간다는 말에는 이제 그냥 그러려니 했다.

문제는 하필 지금은 바이칼 호수가 꽁꽁 얼어붙는 한겨울이라는 점이다.

린다 마릴은 가장 먼저 러시아에 도착하면 두꺼운 옷부터 사야겠다고 생각했다.

하지만 세상일이 그렇게 계획대로 흘러가지는 않는 법이다.

*　　　*　　　*

"이건 아니잖아요!! 바로 바이칼 호수로 공간이동 하는 건!!"

그랬다.

재중이 비행기를 타고 정상적인 방법으로 러시아로 올 이유가 없다는 것을 린다 마릴은 생각지 못한 것이다.

굳이 편한 공간이동을 두고 비행기를 타는 수고를 할 이유가 없기에 재중은 그냥 순식간에 영국에서 바이칼 호수로 넘어가 버렸다.

"이걸 입으면 얼어 죽지는 않을 겁니다."

그나마 재중이 추워서 떨고 있는 린다 마릴에게 준 것은 입는 순간 북극곰이 될 것 같은 커다란 털코트와 모자, 그리고 장갑과 털부츠 세트였다.

"하아, 이건… 정말… 아닌데……."

하지만 어쩌겠는가. 당장 이걸 입지 않으면 얼어 죽을 판인데 말이다.

영하 30도가 기본인 바이칼 호수의 겨울은 패션과 멋을 찾기에는 너무나도 추운 곳이었다.

반면 털옷으로 온몸을 꽁꽁 싸버린 린다 마릴과 달리 재중은 그저 긴팔 티셔츠에 청바지, 그리고 흔한 운동화뿐이었다.

'마법사는… 다 저런가?'

린다 마릴이 손목에 있는 특수 시계로 현재 온도를 보니 영하 32도이다.

털옷을 입었지만 살짝만 움직여도 찬바람이 온몸을 쓸고 지나가는 듯한 느낌을 받는 린다 마릴이었다.

하지만 그런 그녀와 달리 재중은 너무나 평온한 모습이었다.

특수훈련을 받은 린다 마릴도 자연 앞에서는 한없이 작아지는 것이 당연했다.

하지만 재중은 그런 자연을 아예 무시하고 있으니 신기

한 표정으로 쳐다볼 수밖에 없었다.

"갑시다."

재중은 잠시 주변을 살펴보더니 곧장 한곳을 향해 무작
정 움직였다.

"같이 가요!"

린다 마릴도 곧바로 귀 뒤쪽에 심어져 있는 위치추적기
를 작동시키고 빠르게 재중을 따라 움직였다.

물론 어디로 가는지도 모른 채로 말이다.

반면 재중은 지금 입을 다물고 있지만 머릿속으로는 세
프와 테라에게서 수많은 정보를 얻고 있었다.

'그러니까 바이칼 호수에서 바네사에게 자백 침술을 알
려준 사람의 흔적이 발견되었다는 말이지?'

재중의 말에 세프가 곧바로 대답했다.

─네, 타이탄의 석판에 쓰인 문자와 비슷한 문자를 사용
한 그들 침족의 정보를 확인하고 마지막 흔적을 첩보기관
의 정보를 뒤져서 찾아낸 정보예요, 재중 님. 하지만 그런
대단한 침술을 가진 인간들에 대한 정보가 그것이 전부인
것이 조금 이상해요.

'의외로 정보가 적다는 말인가?'

─네, 너무 적어요. 마치 누군가 정보를 지운 것처럼 상
당히 많은 정보가 지워져 있어요, 재중 님.

'지워져? 첩보기관의 보안이 그렇게 허술했던가?'

재중은 정보기관에 대해서 자신에 비해서 아래에 있을 뿐이라고 여겼지, 절대로 하찮게 생각한 적이 없었다.

현대에서 정보가 곧 힘이라는 상식은 재중도 충분히 인정하고 있는 부분이다.

—옛 소련이 붕괴되면서 많은 정보가 사라지고 지워졌는데, 그때 자백 침술을 가지고 있던 침족에 대한 정보도 지워진 것으로 판단됩니다.

'결론은 그들 중에 소련이 붕괴되는 틈을 타서 소련 정보기관에서 정보를 빼내거나 지워 버릴 위치에 있는 사람이 있었다는 말이네.'

—네, 재중 님.

침족은 자백을 받을 수 있는 침술을 가진 소수민족이다.

그런데 그런 자백 침술을 알고 있는 사람이 과연 바네사가 처음일까?

당연히 아니다.

뇌를 건드려서 자백을 받고, 자백을 받고 난 뒤에는 기억까지 지워 버릴 수 있는, 세상이 뒤집어질 침술이 갑자기 나타났을 리는 없으니 말이다.

최소 수백 년 동안 이어져 왔을 것이다.

그리고 바네사가 그 침술 노인을 만난 것도 킬러 의뢰를 수행하던 도중이라고 했다.

재중은 CIA에서 바네사를 찾는 것과 타이탄의 문자를 해독하는 것이 전부 바네사가 만난 자백 침술의 노인과 연관이 있다고 결론 내렸다.

그런 결론을 바탕으로 세프에게 문의한 결과 역시나 정보기관에 정보가 남아 있었다.

인간의 뇌를 조종하는 침술은 확실히 위험했다.

하지만 위험한 만큼 반대급부가 너무나도 달콤했기에 세계가 눈독 들이는 것은 너무나도 당연했을 것이다.

'이어져 있어. 침족이 쓰는 문자가 타이탄 석판의 문자와 비슷하다는 것도…….'

재중은 마치 누군가가 자신을 어딘가를 향해서 인도하듯 절묘한 타이밍에 힌트가 나타나는 것을 인지했다.

재중의 눈동자가 날카롭게 변했다.

―마스터, 왠지… 이거… 신이 개입된 것 같은데요.

테라도 상황이 이렇게까지 절묘하게 이어지는 것이 우연이라고 보기에는 너무나 절묘했기에 한마디 했다.

'과연 신일까?'

재중은 신의 존재는 인정했다.

하지만 따지고 보면 재중은 그 신이라는 존재 때문에

대륙에서 개고생을 했기에 신에 대한 반감이 상당할 수밖에 없었다.

그 고생을 해서 겨우 돌아온 지구다.

그런데 알고 보니 지구에서 일어나는 모든 일도 이미 신이라는 존재가 만들어놓은 대본대로 움직이는 것이라고 한다.

재중에게 이건 상당히 심각하게 받아들일 수밖에 없는 상황이었다.

—마스터, 그냥 작은 마스터만 데리고 숨어버릴까요?

테라는 재중이 누군가의 장난질에 고생하는 것이 못내 못마땅한지 한마디 했다.

다른 때라면 연아의 삶에 개입해서 흔드는 것이 싫다고 하면서 바로 거절했을 재중이다.

그런데 어찌 된 일인지 재중이 조용했다.

—마스터?

'테라.'

—네, 마스터.

'정말… 신의 개입으로 지구에서도 이런 일이 벌어진 것이라면 연아를 데리고 숨는다.'

—…정… 말요?

테라는 처음으로 재중이 자신의 의견을 받아준 모습에

당황했다.

'신의 개입으로 인해 지구에서 흑마법사와 마나의 인도자와의 싸움이 일어난 것이라면 난 더 이상 지구의 일에 개입하지 않을 생각이다.'

—하지만 작은 마스터의 삶이 변하게 될 텐데요, 마스터.

당연했다.

재중이 작정하고 연아를 데리고 지구에서 숨어버리면 크레이언 올드 세이라만큼 완전히 세상에서 숨어버릴 수도 있었다.

테라의 마법과 흑기병의 무력, 그리고 재중의 마나 조종 능력을 합치면 세상에 못할 것이 없으니 말이다.

'살아남는 게 중요해. 죽으면 평화로운 삶이고 뭐고 다 끝이니까.'

조금은 극단적인 생각일 수도 있지만, 재중은 지극히 냉정하게 생각해서 내린 결론이었다.

만약 지금 이 모든 일이 신의 개입이라면 자신의 모든 힘을 쏟아부어도 장담할 수 없었다.

대륙에서도 드래곤을 모두 이동시킨 존재가 신이다.

지구라고 황당한 짓을 시키지 않는다는 보장이 없었다.

—그럼 세프에게 부탁해 놓을까요?

'아니.'

―그럼… 따로 만들어요?

'나도 내 레어 하나 정도는 있어야 하지 않겠어?'

―그거야… 그렇긴 하죠. 마스터께서도 엄연히 드래곤이신데 레어가 없으니까요.

'조용히 레어로 적당한 섬을 알아봐야겠다.'

―네, 마스터. 그렇지 않아도 예전에 정태만을 처리하면서 눈여겨본 섬이 몇 개 있는데 그중에 하나를 정해서 준비 시작할게요, 마스터.

'그래.'

재중은 세프에게서 정보를 얻고는 있지만, 세프를 100% 신뢰할 이유가 없었다.

왜냐하면 어차피 세프는 크레이언 올드 세이라의 가디언이다.

그리고 크레이언 올드 세이라는 순혈 드래곤답게 신의 말이라면 차원을 넘는 것까지 아무렇지 않게 받아들이는 신의 종이나 마찬가지였다.

만약 대륙에서의 일뿐만 아니라 지금 지구의 일도 모두 연결된 신이 만들어놓은 한 편의 드라마 같은 것이라면 재중으로서는 가장 골치 아픈 상대가 그 누구도 아닌 크레이언 올드 세이라일 수도 있었다.

물론 아직은 이 모든 것이 재중의 추측일 뿐이다.

그러나 설령 신이 아니라도 테라와 재중의 직감이 모든 일에 커다란 무언가가 개입한 것이 확실하다고 말하고 있었다.

우연이라는 이름으로 반복되는 지금까지의 모든 상황이 너무나도 절묘하게 계속 연결되고 있었다.

이걸 그냥 가만히 받아들이기에는 재중이 겪은 경험이 너무도 많았다.

그런데 재중은 몰랐다.

아직 일은 시작도 하지 않았음을 말이다.

Chapter 02
무녀

재중귀환록

"전원… 사망……."

인적이라고는 찾아보기 힘든 바이칼 호수가 내려다보이는 산 중턱에 자리 잡은 오두막이다.

린다 마릴은 오두막 안에 들어가 나직하게 중얼거렸다.

아니, 이건 사망 확인을 할 필요도 없었다.

목과 몸이 분리되어 있는 시체를 보고 사망 확인을 하는 것은 시간낭비였으니 말이다.

이런 시체가 가득한 오두막은 린다 마릴이 들어간 오두막뿐만이 아니었다.

"여기도 전원 사망이군요."

린다 마릴이 일일이 눈으로 확인하기 전부터 재중은 이미 감각으로 이곳에 살아 있는 생명체라고는 오직 재중과 린다 마릴뿐이라는 것을 알고 있었다.

영하 30도의 차가운 온도 때문에 시체의 피가 모두 얼어붙은 상태다.

그러나 예민한 재중의 코끝을 스치는 피비린내를 모른다는 것은 불가능했다.

"모두 동양계 사람이에요."

린다 마릴은 시체들을 모두 살펴봤다.

그 결과 13채의 오두막 안에 죽어 있는 50명 전원이 동양계 사람뿐이라는 것에 고개를 갸웃거렸다.

하지만 러시아에는 카레이스키라고 옛날 고려 사람들이 살고 있기에 특별하게는 생각하지 않았다.

반면 재중은 자신도 세프의 정보력을 모두 동원하고 나서야 알게 된 침족이 모여 살고 있던 이곳을 누군가 먼저 다녀갔다는 것에 눈동자가 날카롭게 변하는 중이다.

—마스터, 모두 죽은 것은 아닌 것 같아요.

'……?'

재중은 테라의 다급한 말에 고개를 돌려 마을 뒤쪽으로 고개를 돌렸다.

─지금처럼 마스터께서 힘을 억누른 상태에서는 찾지 못할 만큼 정밀하게 기척을 감춘 것 같은 특수한 진법의 기운이 느껴지고 있어요. 마스터께서 보고 있는 저 산의 중간쯤에서요.

'힘을 어느 정도는 드러내야 된다는 건가.'

재중이 이토록 자신의 힘을 억누르고 또 억누른 것은 모두 라스푸틴의 제자와 라스푸틴이 자신을 알아챌 가능성 때문이다.

이제는 어느 정도 라스푸틴도 재중이 어떤 존재인지 알아챘을 가능성이 높았다.

원격이긴 했지만 재중과 라스푸틴은 꽤나 많이 만난 상태였다.

무엇보다 재중과 대면한 제자들이 모두 죽어버린 것이다.

그러니 라스푸틴도 최소한 재중이 자신을 위협할 만큼 강한 상대라는 것 정도는 이미 인지하고 있을 거라고 판단한 것이다.

그래서 재중은 더 이상 자신이 힘을 드러내면 라스푸틴이 또다시 숨어버릴 가능성이 높기에 힘을 억눌렀다.

─네. 흔적이 남기야 하겠지만, 진법에 대해서는 저도 생소해서 마스터께서 강제로 깨뜨리셔야 할 것 같아요.

씨익~

테라가 저렇게 말할 정도면 상당히 까다롭다는 말이다.

마법에 관해서는 타의 추종을 불허할 만큼 엄청난 지식을 가진 테라다.

그런 그녀가 스스로 까다롭다고 한 것은 진법을 잘못 건드릴 경우 어떤 반응이 올지 전혀 알 수가 없다는 것을 짧게 말한 것이다.

그것은 그만큼 수수께끼가 많다는 뜻이기도 했다.

진법도 마법진과 기본적인 원리는 비슷했다.

일반적으로 마법진을 파훼하는 방법은 두 가지다.

하나는 마법진의 중심을 파괴하는 것이고, 아니면 마법진 자체를 강력한 힘으로 통째로 부숴 버리는 것이다.

그리고, 지금 상황에서 테라는 후자를 택할 수밖에 없었다.

진법에 대해서는 거의 문외한이니 현재로썬 알 수 없는 진법을 확실하게 처리할 수 있는 방법은 재중의 무력뿐이었으니 말이다.

"잠시만 기다려요."

"네?"

재중은 린다 마릴의 대답을 듣기도 전에 그녀의 시야에서 사라져 버렸다.

"뭐야? 여기서… 뭐 하라는 거야. 나 참…….."

꿔다놓은 보릿자루 같은 자신의 처지가 난감한 린다 마릴이었지만 어쩌겠는가?

위에서 시키면 시키는 대로 해야 하는 것이 자신의 입장인 것을.

최대한 재중과 친밀하게, 그리고 가능하면 붙어 있는 것이 조건인 이상 지금과 같이 재중이 먼저 사라질 경우 그녀로서는 기다리는 수밖에 없었다.

*   *   *

"여긴가?"

재중이 테라의 안내에 따라 도착한 곳은 오두막이 있던 곳에서 반 이상 더 올라와야 하는 곳이었다.

거의 산 정상에 다다를 만큼 높은 곳으로 만년설이 쌓여 있어 재중이 발걸음을 옮길 때마다 선명한 자국이 남았다.

마침내 재중이 멈춰 선 곳은 마치 칼로 깎아 만든 듯 매끈한 절벽이 올려다 보이는 곳이었다.

보이는 것이라곤 눈과 바위뿐이다.

"한번 건드려 볼까."

재중은 절벽에 가까이 다가서자마자 마나의 흐름이 이질적으로 꼬여 있는 것을 느낄 수 있었다.

그런데 신기한 것은 테라가 쓰는 마법과 전혀 다른 느낌이라는 점이다.

테라가 쓰는 마법진은 마나를 가공해서 사용하는 것이다.

반면 지금 재중이 마주한 절벽에서 느껴지는 마나의 기운은 조금 꼬이긴 했지만 마나가 흐르는 길에서 크게 벗어나지 않았다.

어쩌면 그렇기 때문에 아무리 힘을 억눌렀다지만 재중이 느끼지 못한 것일지도 몰랐다.

재중은 마나를 가공한 것에는 민감하다.

하나 이처럼 기존 틀을 그대로 유지한 채로 마나를 살짝 비틀어 버리기만 한 것에는 아무래도 둔감할 수밖에 없었다.

톡.

출렁~

재중이 손가락 끝에 마나를 집중해서 바위 절벽을 건드렸다.

그러자 놀랍게도 딱딱한 느낌이 아니라 마치 부드럽고 탄력 있는 젤리를 건드린 것처럼 절벽이 출렁거렸다.

정확하게 재중이 건드린 지점을 시작으로 말이다.

"그다지 급이 높은 진법은 아닌 것 같은데."

혹시 몰라 손가락에 마나를 집중하긴 했으나 그다지 많은 양은 아니었기에 재중은 피식 웃었다.

진법이라는 특성 때문에 느끼지 못했을 뿐 결과적으로 마나를 사용한다는 것에서는 벗어나지 못했기 때문이다.

마나를 사용한 이상 재중 앞에서는 그저 잔재주에 불과했다.

휘리릭!!

재중의 손에 마나가 모여들면서 마치 푸른빛의 얇은 장갑을 낀 것 같은 모습이 그려졌다.

그리고 재중이 그 손을 그대로 절벽에 가져다대자,

출렁~ 출렁~ 출렁~

단단한 바위 같던 절벽이 살아 있는 듯 파문을 일으키면서 춤을 추기 시작했다.

마치 평온한 수면에 커다란 돌덩이를 던진 것처럼 말이다.

파직!!

그러다 계속되는 파동에 결국 견디지 못한 절벽에 금이 갔다.

금은 재중이 손을 댄 곳을 시작으로 절벽 전체로 뻗어

가더니 결국 산산이 부서져 내리기 시작했다.

스윽…….

아니, 산산이 부서지면서 절벽이 사라져 버렸다.

애초에 절벽이 존재하지도 않던 것처럼 말이다.

그리고 절벽이 사라진 곳에는 또 다른 바위가 가득한 풍경이 펼쳐졌다.

하나 여태까지 보던 것과는 다른 것이 하나 있었다.

"저 동굴 속인가."

사람 서너 명은 가뿐히 지나다닐 만큼 커다란 동굴이 그 입구를 드러낸 것이다.

그런데 재중이 동굴을 향해 발걸음을 옮기자,

휘릭!!

턱!!

갑자기 동굴 안에서 사람이 튀어나왔다.

"내공을 가진… 인간이라……."

원래부터 동굴을 지키고 있었는지는 모르지만 희미하게나마 단전에서 내공이 느껴지는 네 사람이 튀어나와 재중을 사방으로 감싸 버린 것이다.

정말 신기한 것은 재중을 감싼 네 명이 모두 얼굴과 체형이 똑같이 생긴 네쌍둥이라는 점이다.

스르륵, 스르륵…….

그들은 재중이 네쌍둥이의 모습에 걸음을 멈추자 기다렸다는 듯 재중을 중심에 두고 회전을 했다.

그리고 재중을 중심으로 회전하는 네쌍둥이의 모습은 느리지만 순간적으로 누가 누군지 헷갈리게 만들기 위한 독특한 움직임이었다.

"잔재주 따위……."

하지만 그건 일반적인 사람들에게나 통하는 것이었다.

재중이 가볍게 멈춰 선 발을 살짝 들었다가 강하게 내리찍자,

쿵!!

흔들~

재중이 내리찍은 발놀림에 자신들만의 속도와 균형으로 회전하던 네쌍둥이가 동시에 휘청거렸다.

그리고 기다렸다는 듯 재중의 손이 움직이자,

픽!

퍼퍼픽!!

오히려 허를 찔린 네쌍둥이는 재중의 주먹 한 방에 허무하리만큼 간단하게 뇌진탕을 일으키고는 그대로 쓰러져 버렸다.

"크윽! 도대체… 어떻게……."

네쌍둥이 중에 재중의 맞은편에 있는 남자의 입에서 침음성이 섞인 목소리가 흘러나왔다.

하지만 재중은 무시하고 그대로 동굴 쪽으로 걸음을 옮겼다.

"안 돼!! 그곳은 신성한 곳이다!!"

멈칫.

순간 남자의 목소리에 재중의 걸음이 멈춘 듯 보였다.

그러나 재중이 멈춘 것은 남자의 말에 따르기 위해서는 아닌 듯했다.

오히려 고개를 돌려 소리친 남자를 쳐다본 재중은 나직하게 말했다.

"운명을 바꾼 사람에게 신성함 따위는 의미가 없지."

"…그게… 무슨……?"

소리친 남자는 재중이 하는 말이 무슨 뜻인지 도무지 이해할 수는 없었다.

하지만 한 가지만은 분명히 느낄 수가 있었다.

자신들이 어떻게 해볼 수 있는 상대가 아니라는 것을 말이다.

사실 네쌍둥이가 사용한 것은 유명한 소림사의 백팔나한진이라는 독특한 진을 응용한 것이었다.

얼굴에 체형, 그리고 스타일까지 완전히 기계로 찍어낸

듯 똑같이 생긴 네 사람이 자신의 주변을 돈다고 생각해
보라.

아마 누구든 순식간에 패닉에 빠져 버릴 것이다.

한마디로 네쌍둥이가 펼친 것은 소림사의 나한진의 장
점에 자신들의 특징을 잘 조합한 것으로 이것에 한번 걸리
면 그 누구도 멀쩡히 빠져나갈 수가 없었다.

재중이 나타나기 전까지는 말이다.

"셋째야."

"형, 안 돼. 나도 다리가 완전히 풀렸어."

"나도 그래."

"형, 어떻게 해야 하지?"

소리친 남자가 첫째인지 다른 셋이 모두 첫째를 쳐다봤
다.

하지만 솔직히 첫째도 방법이 없기는 마찬가지였다.

도대체 재중이 어떻게 때린 것인지 모르지만, 정신은 멀
쩡한데 허리 아래쪽이 완전 풀려서 도저히 어떻게 해볼 수
가 없는 것이다.

첫째는 자신만 그런 줄 알았는데 알고 보니 나머지 셋
도 자신과 비슷한 상태였다.

"젠장, 신성한 제단을… 침범당하다니."

첫째는 피가 흐를 정도로 이를 깨물었다.

재중과 그들의 무력 차이는 너무나 확연했다.

그들로서는 어떻게 할 도리가 없었다.

그런데 네쌍둥이를 물리치고 동굴 안으로 들어가던 재중이 갑자기 걸음이 멈춰 섰다.

"더 이상은 들어오시는 것을 허락받지 않았습니다, 잊힌 존재여."

씨익~

이제 겨우 열네 살, 아니, 열다섯 살쯤 되어 보이는 소녀가 동굴 안에서 모습을 드러낸 것이다.

소녀는 영하 30도가 기본인 이곳에서 입는 옷으로 보기에는 너무나도 얇은 옷을 입고서 재중을 향해 당당하게 말했다.

어차피 안에 있는 소녀의 존재 때문에 들어가려던 재중은 걸음을 멈추고 소녀를 쳐다보면서 피식 웃었다.

자신이 누군지 알고서 막아섰으니 말이다.

"내가 누구의 허락을 받아야 된다고 생각하나?"

재중이 억지를 쓰듯 한마디 하자,

"이곳에 살아 있는 사람은 저와… 지킴이 네 명이 전부이니 당신의 목적은 달성한 것이 아닌가요?"

정확하게 재중이 원하는 것을 말하는 소녀의 모습에 재중은 잠시 아직도 낑낑대면서 눈밭을 기어 다니는 네쌍둥이와 소녀를 번갈아 보고 고개를 끄덕였다.

군이 정보를 얻어야 되는 상대를 몰아붙여 봐야 재중 자신만 피곤해질 것이다.

"이야기는 아래쪽에 가서 듣기로 할까?"

더 이상 동굴에 흥미가 떨어진 재중이 나직하게 한마디 하자,

스윽~

동굴 앞에서 재중을 막던 소녀도, 재중에게 맞아서 바닥을 기어 다니던 네쌍둥이도 순식간에 사라져 버렸다.

그런데 신기한 것은 그렇게 모두가 사라지자 재중이 깨뜨렸다고 생각한 진법이 다시 발동한 것이다.

처음 재중을 맞이한 것처럼 깎아지를 듯한 절벽을 드러낸 채로 말이다.

*   *   *

"역시… 모두 죽었군요."

의외였다.

소녀는 오두막에 모습을 드러내자 진하게 느껴지는 죽음의 향기를 맡았는지 슬픈 표정을 지었다.

하지만 이미 이렇게 될 줄 알고 있었다는 듯 말하고 있

었다.

그런 소녀와 뒤에서 묵묵히 버티고 서 있는 네쌍둥이의 모습을 보아하니 직접 현장을 살피지 않아서 확신하진 않았어도 이런 상황을 대충 예상한 듯했다.

"누가 여기 사람들을 다 죽였는지는 모르겠군."

이들이 그 동굴에서 나온 적이 없다는 것은 이미 재중도 눈치챘기에 소녀에게 물었다.

"누군지는 모릅니다. 하지만 어떤 존재인지는 신탁을 받았으니 완전히 모르는 건 아닙니다."

"……."

재중은 신탁이라는 말에 자신도 모르게 미간을 찌푸렸다.

대륙에서도 그놈의 신탁 때문에 결국 고생한 건 재중이었다.

자연적으로 싫은 반응이 나오는 것은 당연했다.

"……?"

하지만 소녀는 신탁이라는 말에 노골적인 싫은 표정을 한 재중을 보면서 고개를 갸웃거렸다.

그녀의 신탁이 맞다면 지금 소녀가 바라보는 재중은 당연히 신탁에 나온 잊힌 존재가 맞을 것이다.

한데 어째서인지 노골적으로 신을 싫어하는 느낌을 받

은 것이다.

"왜?"

재중이 퉁명스럽게 소녀를 향해 묻자,

"아닙니다."

소녀도 눈치껏 말을 아꼈다.

지금 재중을 건드리는 것은 득보다 실이 많다는 것을
본능적으로 알아차린 듯 말이다.

"이름이 뭐지?"

재중은 신탁에 대해서 말하는 소녀가 대충 신의 무녀
정도 될 거라는 생각에 이름을 물었다.

"야누스를 모시는 무녀 엘이라고 합니다."

재중을 향해 고개를 숙이거나 하진 않았다.

하지만 오히려 눈동자를 마주한 엘의 모습에서 정중한
느낌을 받은 재중이다.

그리고 재중도 알고 있었다.

얼핏 보면 자신을 소개하면서 고개를 숙이지 않고 눈을
똑바로 쳐다보면서 말하는 엘의 모습이 건방지게 느껴질
수도 있지만 결코 그런 것이 아니라는 것을 말이다.

신을 모시는 무녀는 자신이 모시는 신을 제외한 그 어
떤 존재에게도 고개를 숙이지 않았다.

대륙에서도 그랬고 지금 엘의 모습을 보니 지구도 마찬

가지인 듯했다.

한데 방금 야누스의 이름을 듣자 재중의 뇌리에 스치듯 어떤 문구가 떠올랐다.

"야누스의 문이 열린다."

"아시는군요."

엘이 재중의 말에 조용히 고개를 끄덕였다.

"로마 신화의 전쟁의 신을 모시는 무녀가 왜 바이칼 호수 근처에서, 그것도 중국의 소수민족으로 보이는 민족이 모시는 거지?"

무녀라고 하기에 재중은 그들이 동양의 신을 모실 거라고 생각했었다.

한데 뜻밖에도 야누스를 모시는 무녀였다.

물론 엘이 어딘가 혼혈의 느낌이 있지만, 동양적인 색채가 강한 외모이기도 했다.

그리고 무엇보다 재중이 말한 '야누스의 문이 열린다'는 말이 신경 쓰였다.

그건 예전 로마 시대에 왕들이 전쟁의 시작을 알릴 때 야누스 신전에 문을 열어놓는 것에서 비롯된 말이다.

즉 야누스의 문이 열린다는 것은 전쟁이 곧 시작된다는 의미였다.

"신의 대리자와 잊힌 존재… 당신의 전쟁이 시작될 겁

니다."

"······."

재중은 엘의 얼굴을 가만히 쳐다보았다.

표정의 변화는 없지만 속으로는 하늘을 향해 쌍욕을 하는 중이다.

결국 직감이 맞았던 것이다.

그것도 가장 나쁜 쪽으로 말이다.

"신의 대리자는 누구지?"

분명히 신의 대리자와 재중의 싸움이라고 했기에 재중이 물었다.

"그건 저도 모릅니다."

"장난하는 건가?"

타타타탁.

재중의 몸에서 찌릿한 살기가 뿜어져 나오자 빠르게 엘을 지키듯 감싸는 네쌍둥이가 재중을 막아서듯 감쌌다.

린다 마릴의 표정도 창백해졌다.

"재중 씨, 왜 그래요?"

네쌍둥이는 내공을 가지고 있으니 당연했고, 린다 마릴도 재중의 옆에 있기에 직접적으로 살기를 느낀 듯했다.

"무녀여, 대답해라. 난 들을 자격이 있으니까."

상당히 기분 나쁜 표정으로 여전히 엘에게서 시선을 떼

지 않은 재중이 다시 물었다.

하지만 엘의 대답은 같았다.

"저도 신탁을 받을 뿐입니다. 신의 뜻을 모두 헤아리진 못하지요."

"변명일 뿐이지."

재중은 냉정하게 엘에게서 등을 돌려 버렸다.

신의 무녀라고 하면서 언제나 가장 중요한 것은 모른다고 말하는 존재들.

그들은 항상 그랬다.

"거인의 석판은 이미 신의 대리자 손에 넘어갔을 겁니다, 잊힌 존재시여."

멈칫!

재중은 거인의 석판이라는 말에 단번에 엘이 말하는 것이 무엇인지 알아차렸다.

그리고 아공간에서 타이탄의 석판을 꺼내 들고 엘을 쳐다보았다.

"중요한 것은 석판이 아니라 석판의 문자가 아니던가요?"

엘의 작은 도발이지만 재중이 고개를 끄덕였다.

"적은 언제나 가까이 있는 법이라고 야누스께서 말씀하셨습니다."

"적은 가까이?"

재중은 무슨 말인지 잠시 생각하다가 곧장 린다 마릴에게 물었다.

"당장 마나의 인도자들과 6인의 수장들에게 연락이 됩니까?"

"네? 뭐 그거야 위성전화가 있어서 될 거예요."

"지금 당장 6인의 수장부터 연결해 주세요. 여섯 명 전원에게요."

"지금요?"

"네."

린다 마릴은 사실 지금 엘과 재중의 대화가 무슨 내용인지 도무지 알 길이 없었다.

하지만 돌아가는 분위기를 봐서는 상당히 무겁고 중요한 이야기가 오갔다는 것만은 느낄 수 있었다.

린다 마릴이 곧바로 위성전화를 꺼내 연락했다.

Chapter 03
배신자

재중귀환록

"음, 이상하네요?"

"······?"

위성전화를 연결하던 린다 마릴이 이상하다는 듯 고개를 갸웃거렸다.

"6인의 수장 중에 카디스 님과 연락이 되지 않아요."

"카디스?"

카디스라면 이스라엘 특수부대 출신의 마법사이다.

거기다 재중이 그리스에서 다 죽어가는 것을 살려준 적도 있기에 얼굴을 또렷하게 기억한다.

재중이 되묻자 린다 마릴이 대답했다.

"네. 사이먼 님을 비롯해서 6인의 수장 중에 다섯 분이 모두 한곳에 모여 있는데, 몇 시간 전부터 카디스 님을 본 사람이 없다고 해요. 제가 연락하기 전까지는 다섯 분도 모르고 있던 것 같아요."

느낌이 좋지 않았다.

재중이 세프를 부르려는데 순간 세프의 목소리가 들렸다.

―재중 님!

'……?'

―방금 6인의 수장 중의 하나인 카디스의 행방이 완전히 사라졌습니다.

'완전히?'

―네, 첩보위성부터 CCTV까지 모두 찾았지만 호텔에서 밖으로 나선 뒤로는 완전히 사라져 버렸어요.

재중은 세프의 말에 엘을 처다보면서 드는 생각은 단 하나였다.

'배신인가?'

조금은 충격적이긴 했다.

설마 마나의 인도자를 이끄는 6인의 수장 중에 배신자가 나올 줄은 재중도 생각지 못했으니 말이다.

특히나 다른 사람도 아닌 알람의 마나 무기로 거의 죽

을 뻔한 카디스가 배신할 줄은 정말 꿈에도 생각지 못했다.

하지만 결정적으로 카디스가 재중의 연락을 받지 않고 잠적했다는 것부터가 이미 배신했다는 추측을 확신하게 만들고 있었다.

'세프.'

—네, 재중 님.

'카디스는 스스로 호텔을 벗어난 것인가?'

재중이 나직하게 물었다.

—네, 스스로 조용히 호텔 뒷문으로 빠져나간 것이 마지막 영상입니다. 그 후로는 그 어떤 카메라에도 잡히지 않고 있습니다.

"당했군."

재중은 피식 웃으면서 허탈한 목소리로 한마디 했다.

"당했다니… 무슨? 설마……?!"

린다 마릴은 조용히 상황을 판단하고 재중의 반응을 봤다.

그리고 잠시 후, 스스로 결과를 낸 듯 믿어지지 않는 듯 놀란 표정을 지었다.

"카디스 님이… 배신했다는 건가요?"

그것이 아니고는 도저히 설명할 길이 없었다.

마나의 인도자가 배신해서 라스푸틴의 편에 붙는다는 것 자체로 황당했다.

하지만 설마 6인의 수장 중의 한 명인 카디스가 배신할 줄은 린다 마릴도 전혀 예상치 못했다.

그럴 수밖에 없는 것이, 누구보다 열정적으로 라스푸틴의 제자를 추적하던 사람이 카디스였다.

'경솔했군.'

재중은 자신의 실수를 바로 인정했다.

아니, 재중답지 않게 사람을 너무 믿었다는 것이 실수였는지도 모른다.

언제나 적당한 거리에서 사람을 상대하던 재중이었다.

그런 그가 유일하게 가까이 지낸 마나의 인도자들 사이에서 배신자가 나올 줄은 정말 몰랐으니 말이다.

그리고 도대체 카디스가 왜 타이탄의 석판의 문자가 찍혀 있는 사진을 가지고 잠적했는지도 알 수가 없었다.

―마스터, 패밀리어를 최대한 풀었어요.

테라는 재중이 카디스의 배신을 직감하는 순간, 즉각 가지고 있는 패밀리어 중에 작은 것을 모두 풀어버렸다.

셰프가 과학의 힘을 이용해서 카디스를 찾는다면 테라는 순수하게 자신의 마법의 힘을 이용해서 사라진 카디스를 찾기 위해서이다.

"재중 씨, 사이먼 님이 통화를 원하는데……."

갑자기 황당한 상황이 벌어진 지금에 린다 마릴이 가장 눈치를 볼 사람은 당연히 재중이었다.

"줘요."

재중이 조용히 위성전화를 넘겨받았다.

[재중 님, 카디스가 사라졌습니다.]

사이먼은 당연히 이미 재중이 알고 있는 사실을 첫마디로 시작했다.

하지만 우선은 가만히 듣고만 있는 재중이다.

[그보다 카디스만이 아니라 마나의 인도자 중에 4서클의 상급 마법사 셋도 같이 사라진 것을 방금 확인했습니다.]

"상급 마법사 셋도 함께라면……?"

[카디스에게 마법을 직접 전수받은… 직계 제자들입니다.]

"그 말은… 카디스가 마나의 인도자들에게 두 번째 배덕자가 되었다는 말로 생각해도 되겠습니까?"

재중이 앞뒤 다 잘라 버리고 핵심을 날카롭게 찌르듯 묻자,

[…아직 확실하진 않습니다. 좀 더 찾아보면 찾을 수 있을 겁니다.]

사이먼은 6인의 수장 중에 배신자가 나왔다는 것을 도저히 믿을 수 없는지 재중에게 사정하듯 변명했다.

하지만 말로만 그럴 뿐 본인도 상황을 알고 있는 듯했다.

벌써 몇 시간 동안 완전히 흔적을 감춰 버린 카디스와 그의 직계 제자인 세 명의 상급 마법사가 배신한 것이 분명하다는 것을 말이다.

"알겠습니다. 우선 호텔에 있는 모든 마법사에게서 타이탄의 문자가 찍힌 사진을 불태우세요."

[네? 그게 무슨… 말씀이십니까?]

재중의 말에 사이먼이 당황했는지 놀라며 물었다.

"지금부터 마나의 인도자들은 라스푸틴에 대해서 모든 움직임을 중지하세요."

[그게… 무슨 말씀이십니까? 라스푸틴에 대해서… 모든 행동을 중지하라니…….]

"지금부터는 제가 직접 처리합니다. 이 시간부로 마나의 인도자들의 그 어떠한 라스푸틴에 대한 움직임도 제가 용납하지 않겠습니다. 아시겠습니까?"

재중의 딱딱한 말에 사이먼은 잠시 할 말을 잃은 듯 말이 없었다.

"…알겠습니다."

하지만 결론은 이미 정해져 있었다.

라스푸틴의 제자 상대로조차 버티지 못하는 마나의 인도자들이다.

그들이 더 이상 라스푸틴에 대해서 들쑤시고 다녀봐야 일만 복잡해질 뿐이었다.

거기다 카디스가 타이탄의 석판에 대한 사진을 얻자마자 기다렸다는 듯 사라진 것도 재중에게 할 말이 없게 만드는 이유 중의 하나였다.

"잊힌 존재로서, 마법 시작의 존재로서 명령합니다. 라스푸틴에 대한 모든 행동을 멈추세요."

[…알겠습니다.]

재중은 바로 냉정하게 위성전화를 끊어버렸다.

"재… 중 씨, 이래도 괜찮아요?"

너무나 급격하게 상황이 변하자 린다 마릴도 무언가 잘못되었다는 것을 느꼈다.

하지만 린다 마릴이 마법사가 아닌 이상 정말 중요한 것은 알지 못할 입장이다.

그녀는 결국 재중의 눈치만 봤다.

"린다 마릴 양, 지금부터 MI6에 마나의 인도자들을 감시해 달라고 부탁해도 될까요?"

"네? 감시요?"

"네, 그냥 행동만 감시하면 됩니다."

"그거야… 상관없어요. 이미 MI6를 비롯해 전 세계 정보기관은 항상 마나의 인도자들을 감시하고 있으니까요."

"알겠습니다."

린다 마릴의 말을 들은 재중은 다시 엘을 쳐다봤다.

"너의 잘난 신에게 물어보아라. 운명을 거스른 자가 얼마나 강한지 말이야."

재중이 마치 엘이 아니라 엘이 모시고 있다는 야누스를 향해 강한 일침을 하듯 한마디 했다.

그리고 다음 순간, 재중의 눈동자가 갑자기 은색으로 바뀌더니 순식간에 머리카락까지 은색으로 변해 비렸다.

"헉!!"

린다 마릴은 설마 재중이 피부부터 모든 것이 은색으로 변할 줄은 몰랐기에 놀란 표정을 감추지 못했다.

그러나 린다 마릴은 단순히 재중의 외모에 놀란 것이 아니었다.

그녀는 그보다 완전히 바뀌어 버린 재중의 분위기에 더욱 놀랐다.

그 어떤 말로도 표현할 수 없는 무거운 것이 마치 린다 마릴의 어깨를 짓누르는 느낌이 들었다.

"잊힌 존재시여, 당신께서는 정녕 신의 대리자와 전쟁

을 치르시려는 것입니까?"

엘이 나직하게 물었지만, 재중의 대답은 이미 정해져 있었다.

"이미 한 번 운명을 바꾼 내가 또다시 운명을 바꾸는 것이 불가능해 보이나?"

"……."

재중의 말에 이번에는 엘이 입을 다물었다.

운명을 바꾸는 자, 이건 신의 영역에서 벗어난 특별한 존재다.

엘도 신의 무녀인 이상 알고 있었다.

운명을 바꾸는 자의 다른 뜻은 신에게 도전하는 자이기도 했다.

그리고 재중은 이미 한 번 자신의 운명을 바꿨다.

즉, 신에게 도전할 자격을 갖춘 것이다.

거기다 한 번 운명을 바꾼 재중이 또다시 바꾸지 못할 리 없었다.

엘은 누구보다 그걸 잘 알고 있기에 입을 다물 수밖에 없었다.

여기서 재중의 말에 동의하는 순간, 그녀는 신의 무녀로서 자격을 잃게 테니 말이다.

그러나 무녀는 자신의 신에 도전하는 자도 인정할 수

없었다.

아이러니하게도 재중을 인정하면서도 재중의 운명은 인정할 수 없는 것이다.

"그럼 우선 여기서 이별을 해야겠군요, 린다 마릴 양."

"네? 갑자기 이별이라니……?"

재중은 당황해하는 린다 마릴의 대답도 듣지 않고 그녀를 런던으로 공간이동 시켜 버렸다.

상황이 이렇게 되어버린 이상, 더 이상 그녀를 데리고 다닐 이유가 없었다.

뿐만 아니라 사라진 카디스가 정말 배신한 것이 맞다면 그가 나타날 곳은 어차피 정해져 있었다.

남은 엘과 네쌍둥이를 본 재중은 가만히 그들을 쳐다보다가 조용히 사라져 버렸다.

마치 엘의 운명을 가련하게 쳐다보듯 말이다.

*　　　*　　　*

―카디스가 정말 배신한 것이 맞다면 당연히 그 녀석이 모습을 드러낼 곳은 오직 여기뿐이긴 하네요, 마스터.

그랜드캐니언.

재중이 다시 모습을 드러낸 곳은 타이탄의 신전이 있는

그랜드캐니언이었다.

아니, 정확하게는 그 동굴이 내려다보이는 바위산 정상
에 서 있지만 말이다.

―그런데 마스터, 타이탄의 석판을 해석하지 않아도 될
까요? 혹시 골렘의 약점이라도 있으면 좋은 정보일 텐데
요.

테라는 재중이 그랜드캐니언에 도착한 뒤로 벌써 한 시
간 넘게 석판의 해석을 무녀에게 부탁하지 않은 것에 아쉬
움이 남는 모습이었다.

하지만 재중은 생각이 달랐다.

"어차피 신의 대리자와 잊힌 존재인 내가 싸울 운명이
라는 신탁이 내려왔다. 그런 이상 타이탄의 석판에 대한
내용은 중요하지 않아. 그리고 카디스가 석판의 내용이
찍힌 사진을 들고 사라지기까지 했으니… 오히려 내가 석
판에 집중하는 동안 라스푸틴이 골렘과 동화라도 하면 지
구에는 악몽이 시작되는 거야."

재중은 조금 특이하지만 중요한 일의 순서를 명확하게
정해놓은 것이다.

이미 카디스가 배신한 순간부터 석판의 중요도는 급격
하게 떨어져 버렸다.

이유를 막론하고 카디스가 잠적한 순간 이미 타이탄의

석판에 대한 정보는 밖으로 새어 나갔다고 생각해야 했다.

골렘과 인간의 영혼이 융합하는 내용으로 보이는 석판이다.

그 내용이 유출되었다면 뒤늦게 석판의 내용을 죽어라 해석할 필요가 없는 것이다.

어차피 라스푸틴은 수단과 방법을 가리지 않고 골렘에 인간의 영혼을 융합시키려고 할 테니 말이다.

특히나 재중이나 마나의 인도자들보다 훨씬 예전부터 타이탄의 신전과 골렘에 대해서 알고 있던 라스푸틴이라면 이건 기정사실이었다.

"놈은 무조건 여기로 온다."

그래서 재중은 여기서 기다리는 것이다.

지하 깊숙이 있는 커다란 골렘을 꺼내 어딘가로 이동시키지 않는 이상 그들의 목적지는 오직 하나였다.

─마스터.

"응?"

─작은 마스터와 천서영을… 임시 레어로 옮겨놓을까요?

테라는 상황이 너무 빠르게 변하자 슬쩍 재중에게 물었다.

"준비는 끝난 거냐?"

재중이 레어를 만들라는 지시를 내린 지 얼마 되지 않은 때다.

한데 테라가 벌써 임시 레어라는 말을 한 것이다.

―사실 훨씬 전부터 준비하고 있었어요, 마스터. 작은 마스터를 찾고 삶을 지켜본 뒤 은둔하실 것은 기정사실이니까요.

그랬다.

재중은 어차피 연아의 삶을 지켜본 뒤 아무도 모르게 모습을 감출 생각이었다.

그건 이미 지구에 온 순간부터 테라에게 자주 한 말이기도 했다.

스페인에서 있던 사건도 재중이 은둔하면서 어느 정도 연아의 후손들이 잘살고 있는지 지켜보면서 약간의 영향력을 행사하려고 만든 것이지 꼭 스페인에서 은둔하겠다는 뜻은 아니었다.

과학과 통신이 발달된 지구에서 레어로 가장 알맞은 곳은 어쩌면 섬일지도 몰랐다.

크레이언 올드 세이라도 그래서 섬을 자신의 레어로 삼았을 터이다.

재중보다 오랫동안 지구에 살아온 그녀가 섬에 레어를

만든 것은 어쩌면 그 모든 것을 고려한 결과일 것이다.

"옮겨라."

─네, 마스터.

카디스의 배신, 그리고 타이탄의 문자를 해독하기 위해서 찾아간 침족의 전멸, 또 그곳에서 야누스의 무녀를 만난 것. 이 모든 것에는 도무지 상식적인 연결고리가 전혀 없었다.

마치 누군가 억지로 끼워 맞춘 것처럼 말이다.

하지만 그 모든 것을 억지로 끼워 맞춰서라도 운명을 만들 수 있는 존재, 즉 신이 개입했다면 이 모든 상황은 오히려 자연스러웠다.

어떤 이유로, 어떤 생각으로, 어떤 계획으로 재중과 신의 대리자를 싸우게 하려는 것인지는 모른다.

아무튼 상황이 빠르게 움직이는 것을 생각하면 테라의 말처럼 연아와 천서영, 그리고 주변의 중요한 사람 대부분의 안전을 생각할 수밖에 없었다.

자그마치 신의 대리인과 드래곤의 싸움이다.

그 파장이 결코 작을 리가 없었다.

대륙에서도 드래고니안과 재중의 싸움만으로도 대륙의 모든 것이 100년은 후퇴했다고 기록할 정도이다.

"단, 당장은 아니야. 골렘이 깨어나면 그때는 따로 내가 명령을 하지 않아도 나와 인연이 있는 모든 이를 옮기도록 해."

─모두라면 어느 정도 범위까지 둘까요?

"좋은 관계에 있는 사람들은 모두 옮겨. 우선 그들이 살아야 하니까."

─네, 마스터.

한편, 그렇게 명령을 하면서도 재중은 계속 생각했다.

과연 라스푸틴은 어디에 있을까?

그리고 도대체 어떻게 카디스를 유혹했기에 6인의 수장의 위치에 있는 그가 그 모든 명예와 부를 포기하고 배신했는지에 대해서 말이다.

어쩌면 불멸의 삶이라는 것으로 카디스를 유혹했을지도 몰랐다.

골렘과 융합한 인간의 영혼은 외모와 모든 것은 골렘으로 살아갈 것이다.

하지만 골렘이 부서지거나 파괴되지 않는 한 영원불멸한 삶을 살 수 있었다.

어떻게 보면 불노불사까지는 아니지만 영원히 살아가는 것도 가능했다.

물론 인간의 입장에서는 그것이 축복일지도 모른다.

하지만 재중에게 기나긴 시간은 오히려 저주에 가까웠다.

정상적인 인간의 모든 삶을 포기할 수밖에 없으니 말이다.

—인간은 참 알 수 없는 존재예요, 마스터.

재중은 테라가 지금 카디스를 두고 하는 말인 것을 알기에 그냥 웃을 뿐이었다.

자신도 그런 인간인 적이 있었다.

어쩌면 재중은 자신도 카디스의 입장이라면, 불멸의 삶을 살아갈 수 있는 기회가 있다면 과연 포기했을까 하는 생각을 해봤다.

물론 결과는 아이러니하게도 포기하지 못한다는 것이었다.

Chapter 04
풀리는 실타래

재중귀환록

―재중 님.

　'말해봐.'

　재중은 세프의 목소리에 카디스의 소식일지도 모른다
는 생각에 나직하게 대답했다.

　한데 세프는 재중이 기다리던 소식이 아닌 조금 다른
말을 했다.

　―테라와 재중 님은 카디스가 골렘과 영혼을 융합해서
불멸의 존재로 살아가기 위해 배신했다고 생각하시는데
그것이 조금 이상해서 그럽니다.

'그게 무슨 말이지?'

―재중 님과 테라가 알고 있는 사실만으로 추측하기에 알려 드리는 겁니다. 간단하게 말해, 카디스가 타이탄의 석판에 적힌 내용이 무엇인지 모르고 있을지도 모른다는 가정은 하시지 않지 않습니까.

테라와 재중은 카디스가 불멸이라는 조건 때문에 배신했다고 거의 확신하고 있었다.

사실 그게 아니라면 갑작스런 카디스의 배신이 도무지 납득이 가지 않았다.

하지만 세프의 말을 들은 재중은 그제야 자신이 가장 중요한 것을 깜박했다는 것을 깨달았다.

왜냐하면 카디스는 석판을 찍은 사진을 가지고 사라졌지만, 그 문자를 해독했다는 증거는 어디에도 없었으니 말이다.

아니, 사진과 함께 사라진 것도 불과 몇 시간 전이다.

그러니 사실상 카디스가 타이탄의 석판에 쓰인 문자를 해석했다는 증거는 아예 없는 셈이다.

―그저 오류를 바로잡고 싶었을 뿐입니다. 건방지게 생각하셨다면 죄송합니다, 재중 님.

세프는 재중의 가디언이 아니었다.

즉 재중의 가디언인 테라가 재중에게 조언을 하거나 의

견을 말하는 것은 아무런 문제가 되지 않았다.

하지만 다른 드래곤의 가디언이 재중에게 조언하는 것은 드래곤의 성격에 따라 가디언을 처벌하는 것도 가능했다.

그만큼 가디언은 드래곤에게는 그저 사용하기 좋은 부하조차 못 되는, 영혼을 저당 잡힌 노예에 불과했으니 말이다.

'아니야. 나도 갑작스런 카디스의 배신을 억지로 납득하려고 하다 보니 그런 생각을 한 것 같군. 고마워.'

깔끔하게 재중이 인정하자 세프는 그제야 본래 보고하려고 하던 것을 끄집어냈다.

혹시라도 재중이 화를 낸다면 보고할 것을 핑계로 어느 정도 무마하려고 한 것처럼 말이다.

확실히 세프가 테라보다는 머리가 좋은 것이 드러나는 행동이다.

―그보다 바이칼 호수 쪽의 침족을 전멸시킨 존재로 보이는 흔적을 발견했습니다, 재중 님.

'그래?'

―NSA의 흔적을 발견했습니다.

'NSA?'

재중은 흔히 들을 수 있는 용어가 아니기에 되물었다.

—간단하게 설명하면 미국에 있는 국방부 소속의 정보 기관입니다. 특징이라면 CIA나 FBI가 의회나 정치인들의 간섭을 많이 받는 것에 비해 NSA는 국방부 소속으로 영향을 거의 받지 않는 것이 특징입니다. 물론 그만큼 은밀하기에 적국이나 타국에서 가장 먼저 침투하려고 하는 정보 기관 중 하나인 만큼 일반인이나 언론기관과 접촉을 거의 하지 않는 편입니다.

세프의 설명을 들은 재중은 어쩌면 세프도 알지 못하는 정보기관이 더 있을지도 모른다는 생각이 잠깐 들었다.

—국방부 소속이기에 당연히 NSA 소속 요원들은 군인 중에서도 베스트 오브 베스트만 뽑는 것이 당연하고, 그들의 움직임과 임무에 대해서는 저도 알 수 있는 것이 상당히 적은 편입니다, 재중 님.

'마법을 접목한 과학 위성을 가지고 있는 세프 네가 깊이 알지 못할 정도라면… 보안이 상당하다는 건가?'

MI6와 CIA, 백악관도 마음대로 들여다보는 세프다.

세프가 NSA에 대해서는 깊이 아는 것이 없다는 것은 그만큼 보안이 철저하거나 아니면 특별한 방법을 사용한다는 뜻이다.

인터넷이 전 세계를 연결하는 상황에서 사실 세프가 알지 못할 정보란 거의 없었다.

물론 세프의 마도학을 적용한 위성이 만능은 아니었다.

하지만 과학 만능의 지구다.

지구에서 마도학의 인공위성이 가지는 위력은 정보전에 있어서 무소불위의 능력이다.

—NSA도 위성을 통해서 정보를 수집하지만, 자신들의 정보는 철저하게 위성과 같은 통신 수단을 사용하지 않는 특이한 행동을 하는 편입니다.

'군대의 특성이겠지.'

—아마 그럴 것 같습니다. 그보다 NSA가 재중 님께서 침족을 찾아가시기 무려 한 달 전에 이미 다녀갔다는 것을 확인했습니다.

'한 달이나?'

—네. 그리고 현재 저의 추측이지만 침족 모두를 죽이지는 않은 듯합니다.

'…생존자가 있다는 건가? 무녀 외에?'

사실상 무녀인 엘은 어차피 신의 대리자였다.

즉 신이 허락하지 않는 이상 재중에게 어떠한 말도 하지 않을 것이다.

설사 자신의 목이 잘리더라도 말이다.

그 정도로 신의 대리자는 고집이 상식을 벗어나는 것이 당연한 사람들이다.

애초에 신의 이름으로 모든 것을 정당화시켜 버리는 사람이다.

그들에게 상식적인 설득이 통할 리가 없다.

그래서 재중은 애초에 엘에게는 석판에 대해서 묻지 않았던 것이다.

하지만 침족의 생존자가 있다면 사정이 다를 수밖에 없었다.

—네, 흔적이 많이 사라져 있지만 NSA의 지부로 생각되는 곳에 침족이 전멸한 뒤 며칠 지나지 않아 젊은 동양계 여자 한 명이 구금되었다는 것을 확인했습니다.

씨익~

재중은 세프의 말을 듣고 천천히 자리에서 일어섰다.

"테라, 이곳에 패밀리어를 남겨라. 가능하면 이곳에서 흔하게 볼 수 있는 것들을 이용해서 말이야."

—마스터, 직접 가시려구요?

"이건 내가 움직여야지. 카디스까지 배신한 이상, 그나마 믿을 수 있다고 생각하던 마나의 인도자들도 의미가 없어졌으니까."

—네, 다녀오세요.

테라는 조용히 재중의 그림자에서 빠져나가더니 주변을 뒤지기 시작했다.

어차피 재중을 따라가겠지만 명령은 수행하고 가야 했다.

*　　*　　*

"하와이에… NSA 지부가 있다는 거군."

─하와이는 세계적으로 알려진 관광지입니다. 그리고 현재도 신혼부부들이 가장 가고 싶어 하는 신혼 여행지 1순위이니 이곳이라면 아무리 별것 아닌 사람들의 입에서 나오는 소문일지라도 그 정보의 양이 상당한 편입니다, 재중님.

"하긴 대륙에서도 주점에서 대부분의 소문과 정보가 퍼졌으니… 결국 사람이 모이는 곳에 정보가 움직이는 건 당연하겠지."

─사람이 모이는 곳에 정보가 있고 사람이 모이는 곳에 숨어들기 편하다는 것은 과거나 지금이나 똑같은 법칙이니까요.

재중이 하와이에 도착하고 나서도 허공에 떠서 하와이 섬들을 내려다보는 데는 이유가 있었다.

아직 하와이의 많은 섬 중에서 어딘지 들은 이야기가 없기 때문이다.

"어디지, 이 섬 중에?"

─빅 아일랜드에 있는 마우나케아 산의 마우나케아 천문대에서 마지막으로 침족의 생존자에 대한 흔적이 끊겼습니다, 재중 님.

"마우나케아 천문대?"

재중은 세프의 말을 듣고 고개를 갸웃거렸다.

그도 그럴 것이, 방금 세프가 말한 곳은 하와이에서도 상당히 유명한 관광지였다.

하루에 적게는 수십 명에서 많으면 수백 명이 오가는 곳이었으니 말이다.

물론 NSA 지부가 있는 것은 정보기관의 특성상 얼마든지 이해할 수 있는 일이다.

한데 설마 하니 침족의 생존자까지 데리고 있을 줄은 몰랐다.

─네, 물론 저도 처음에는 조금 의아했습니다만, 곧 여러 가지 추측을 통해서 어느 정도 납득할 수 있게 되었습니다, 재중 님.

"뭐지?"

재중이 나직하게 묻자 세프가 대답했다.

─우선 하와이는 미국 본토와 즉각 연락하고 움직일 수 있기도 하지만, 그보다 과거 진주만 공습의 경험으로 미군

의 군사력이 상당히 많이 집중되어 있는 섬이기도 합니다. NSA가 국방부 소속의 정보기관인 것을 생각하면 미국 본토보다 오히려 하와이가 여러 가지로 자신들이 움직이는 데 상당히 자유롭고 편한 상황일 수도 있습니다.

"그건 그렇지."

NSA의 특성을 생각하면 꽤 그럴듯한 추측이었다.

미국의 방패라는 별명이 있는 하와이였다.

그 특성상 군사력이 집중되면서도 본토와 떨어져 간섭이 거의 없는 곳이다.

즉 NSA가 활동하기에 하와이만큼 적당한 곳이 없었으니 셰프의 추측은 상당히 논리적이면서도 상황에 적합했다.

그리고 그것뿐만이 아니었다.

―그리고 두 번째는 최악의 순간 침족의 생존자를 관광객으로 위장해서 전 세계 어디든 빠져나갈 수 있다는 점입니다. 사실 그것 하나만으로도 하와이의 메리트로 충분합니다.

"신혼부부로 위장한다고 생각하면… 어째서 침족 마을에서 굳이 젊은 여자만 살렸는지 충분히 이해가 되는군."

재중은 어째서 NSA 요원들이 마을 사람을 모두 죽이면서도 젊은 여자만 살렸는지 납득이 갔다.

물론 여자가 남자보다 다루기 편하고 돌발적인 순간에도 대응하기 좋다는 장점도 있다.

하지만 그것보다 최악의 순간을 생각해서일 것이다.

여자 요원이 남자를 데리고 가는 것과 남자 요원이 여자를 데리고 가는 것 중 위험부담이 적은 것을 고르라면 대부분 남자 요원이 여자를 데리고 가는 것을 고를 테니 말이다.

"한마디로 계획적인 작전으로 내가 침족을 찾기 전에 NSA에서 선수를 쳤다는 건데… 도대체 누가 무슨 이유로 침족을 다 죽인 걸까?"

자백 침술이 목적이었다면 여자 하나만 빼고 다 죽인다는 것은 NSA가 바보라는 말과 다를 바가 없었다.

그러니 그건 무조건 제외였다.

침족을 다 죽이고 여자 하나만 살려서 데리고 있을 만큼 중요한 가치를 가지고 있다는 전제하에서만 가능한 학살이었으니 말이다.

─한 가지 예측이 가능한 것이 있습니다, 재중 님.

"뭐지?"

자신보다 지구에 오래 살아왔고 여러 가지 정보를 다루던 세프이기에 재중은 서슴없이 대답을 기다렸다.

─어쩌면 라스푸틴은 마나의 인도자들이 생각하는 것

이상으로 오래전부터 미국과 손을 잡고 있을지도 모른다는 겁니다.

"그건 나도 생각했어."

재중도 그 정도는 예측했기에 살짝 실망한 표정으로 세프를 보았다.

─특이한 점으로 제자들과 라스푸틴이 전혀 별개로 미국에 서로 독립적으로 연결되어 있는 것 같은 모습을 여러 차례 확인했기에 말씀드리는 겁니다.

"별개로? 독립적이라면… 그동안 라스푸틴의 손발이 되었던 제자들도 모르게 라스푸틴이 단독으로 미국과 손을 잡고 있다는 건가?"

─네. 그리고 이미 재중 님이 타이탄의 석판을 저의 마스터에게서 받기 전부터 이미 타이탄의 문자에 대해서 알고 있던 사람, 그리고 NSA를 움직일 정도로 영향력이 있는 사람, 마지막으로 카디스가 배신할 것을 미리 알고 있던 사람으로 줄인다면…….

"라스푸틴이 단독으로 이미 모든 판을 짜고 기다렸다는 거군, 세프 네 말은?"

재중이 상당히 기분 나쁘다는 표정을 지으면서 물었다.

─죄송합니다만, 모든 상황을 추리해 본 결과 라스푸틴은 처음부터 재중 님을 지정하고 계획을 꾸몄다는 생각이

들 수밖에 없습니다.

"…라스푸틴이 내 존재를 알고 있다……. 그게 얼마나 신뢰성이 없는지는 세프 네가 가장 잘 알고 있겠지?"

─네. 하지만 그것 외에는 지금 벌어진 모든 상황은 일어날 수가 없기도 합니다.

재중은 세프의 말에 바로 떠오르는 것이 있었다.

바로 얼마 전에 테라와 이야기한, 신승주를 만나게 된 원인인 쟁롯 사건이다.

신승주에게 쟁롯을 전해준 신원 미상의 남자, 그리고 감쪽같이 사라진 그 남자, 계속 찾았지만 결국 재중도 포기해야만 했던 그 남자가 어쩌면 라스푸틴일지도 모른다는 말을 테라와 한 적이 있었다.

물론 그때는 상상력이 너무 풍부하다면서 그냥 별것 아닌 것처럼 넘겨 버렸다.

하지만 세프까지 이렇게 논리적으로 상황을 풀어서 말하는 것을 보면 그냥 넘길 수가 없는 일이었다.

이제는 라스푸틴이 재중의 존재를 모르고서 진행했다고 하기에는 너무나도 절묘한 우연이 반복되었으니 말이다.

아니, 정말 라스푸틴이 처음부터 재중의 존재를 알고 재중을 이용할 생각으로 이 모든 일을 꾸몄다고 생각하면 정말 엄청난 녀석인 것이다.

"셰프."

―네, 재중 님

"라스푸틴이 신승주에게 쟁롯을 전해준 녀석일 가능성은 현재 얼마지?"

핵심은 신승주에게 쟁롯을 전해준 인물이 누구이냐기에 슬쩍 물어보았다.

―현재는 80% 확률입니다.

"……."

마법사의 입장에서 80% 확률은 증거만 없을 뿐 심증으로는 거의 100%라는 말이나 다름없었다.

"크크크크큭, 만약 셰프 네 말이 맞다면… 궁금해지는군. 어떻게 나에 대해서 알았는지 말이야."

재중은 피식거리면서도 눈동자를 날카롭게 번뜩였다.

자신을 드러낸 적도, 그렇다고 힘을 강하게 사용한 적도 없었다.

그런데 셰프의 예상대로 라스푸틴이 자신의 존재를 알고 신승주에게 쟁롯을 주는 것으로 인해 지금의 상황까지 만들어낸 것이라면 라스푸틴의 머리는 소름이 돋을 정도의 두뇌였다.

한마디로 재중이 지구로 차원이동을 해서 넘어온 순간

부터 라스푸틴은 재중의 존재를 알고 있었고 이용했다는 말이다.

재중은 처음에는 신이라는 존재가 개입했을 것이라고 생각했었다.

하지만 방관자인 신이 직접 이렇게 세심하게 간섭하는 경우는 없었다.

그걸 생각하면 확실히 세프의 말대로 라스푸틴이 재중의 존재를 알고 처음부터 이용했다는 가정이 상당히 설득력을 가질 수밖에 없었다.

"라스푸틴이 있는 곳은 여전히 알지 못하겠지?"

재중은 당장에라도 이 모든 것을 해결할 수 있는 라스푸틴이 있는 곳을 세프에게 물었다.

하지만 역시나 고개를 흔드는 세프였다.

—저의 마도학 위성으로 찾지 못한 인간이 있다는 것을 이번에 처음으로 알게 되었습니다.

지금 이 말은 지금까지 세프가 작정하고 찾으려고 하면 결국은 모두 찾았다는 것이다.

NSA에서 침족의 생존자를 데리고 있는 곳까지 결국 찾아낸 것을 보면 말이다.

카디스의 갑작스러운 배신과 재중보다 한 달이나 먼저 침족의 존재를 찾아서 NSA가 움직인 것, 거기다 세프의 추측까지 더해지자 재중은 기분이 나빠지기 시작했다.

대륙에서도 모자라 지구에서도 결국은 누군가의 장기말이 되어 움직였다는 뜻이니 말이다.

잡힐 듯 잡힐 듯하면서도 잡히지 않는 라스푸틴은 물론 당연하다.

하지만 그것뿐 아니라 재중은 시간이 지날수록 자신이 지구에 온 순간부터 라스푸틴이라는 녀석의 손아귀에서 놀아났다는 사실이 더욱 싫었다.

"그렇다면… 도대체 어떻게 라스푸틴은 내 존재를 알고 있던 거지?"

차원이동으로 10년이라는 시간적 괴리까지 생긴 상태로 지구로 넘어온 재중이다.

이건 예측 자체가 불가능했다.

왜냐하면 차원이동으로 생기는 시간적 괴리는 신이라도 모두 예측이 불가능한 돌발성이 강한 현상이었으니 말이다.

거기다 라스푸틴은 인간이다.

흑마법사라고는 하지만 본질은 인간의 틀에서 벗어날 수 없다.

하지만 재중이 지구에 오는 순간 라스푸틴이 재중의 존재를 알지 못했다면 지금까지 있던 대부분의 커다란 사건이 생길 수가 없는 것이다.

어떻게 인간인 라스푸틴이 처음부터 재중의 존재를 알 수 있었을까?

―저도 그것만은 도저히 알아낼 방법이 없었습니다. 저의 마스터께서도 재중 님이 완전한 각성을 하고 나서야 존재를 느꼈으니까요.

Chapter 05
만들어진 각본

재중귀환록

마나에 가장 민감하게 반응한다는 드래곤조차 재중이 지구로 넘어올 때 알지 못했었다.

한데 흑마법사인 라스푸틴이 알았다는 것이다.

어처구니 없는 일이다.

그런데 그런 황당한 추측이 아니면 지금까지 일어난 모든 일이 설명이 되질 않았다.

하지만 그것보다 지금 재중을 가장 짜증 나게 하는 것은 따로 있었다.

바로 라스푸틴은 여전히 숨어 있고 자신은 드러나 있는

점이다.

이대로는 재중이 라스푸틴의 계획에 언제까지 끌려 다닐지 솔직히 스스로도 짐작이 불가능할 정도이다.

"셰프."

―네.

"네 생각에는 라스푸틴이 이 모든 일의 핵심이라면 녀석이 원하는 것은 당연히 골렘이겠지?"

이미 이 지경까지 상황이 와버렸기에 녀석이 원하는 것이 무언지 당연하다는 듯 물었다.

―지금까지 재중 님의 모든 흔적과 상황을 종합해 보면 결론은 골렘입니다. 라스푸틴이 원하는 것은 인간의 영혼과 융합된 골렘의 부활이 최종 목적이라고 생각됩니다.

"그렇단 말이지."

씨익~

갑자기 재중의 표정 입가에 미소가 그려졌다.

방금 전까지는 짜증이 가득한 표정이었는데 말이다.

"줘버리지, 뭐."

―네?

셰프가 갑작스런 재중의 말의 의미를 몰라서 고개를 갸웃거리자,

스윽~

재중이 아공간에서 타이탄의 석판을 꺼내 물끄러미 쳐다보았다.

—설마… 재중 님, 타이탄족의 석판을 라스푸틴에게 넘기자는 말씀이십니까?

세프는 재중의 황당한 행동에 놀라서 말까지 더듬거렸다.

"응."

하지만 재중은 진심인 듯 고개를 크게 끄덕이더니 오히려 기분 좋은 표정을 짓고 있다.

—그건… 절대로 라스푸틴에게 넘겨주어서는 안 되는 것이지 않습니까?

세프는 재중이 너무 짜증 나서 잠시 이성을 잃었다고 생각하는지 재중의 앞을 가로막았다.

—이건 아닌 것 같습니다, 재중 님.

상식적으로 생각해 봐도 재중의 지금 행동은 도저히 납득이 가지 않기에 세프가 재중의 앞을 막아섰다.

하지만 재중은 오히려 싱긋 웃으면서 세프에게 말했다.

"예전에 TV를 본 적이 있는데 말이야, 땅속 깊은 곳에 숨어 있는 사냥감을 찾으려면 어떻게 해야 되는지 알아?"

—…그거야 여러 가지 방법이 있는 것으로 알고 있습니다.

"맞아. 여러 가지 방법이 있지. 하지만 상대가 사냥꾼보다 머리가 좋다면 사냥꾼의 행동을 사냥감이 모를까?"

—…충분히 알 수 있습니다.

대륙에는 인간만큼, 아니, 인간보다 더욱 뛰어난 두뇌를 지닌 종족이 많았기에 세프가 고개를 끄덕이자 재중이 다시 물었다.

"머리가 똑똑한 놈들 잡는 방법이 뭔 줄 알아?"

—…그건 잘 모르겠습니다.

세프는 똑똑하고 논리적이면서도 세상을 보는 시야가 상당히 넓은 편이었다.

하지만 그런 세프에게도 단점이 있었는데 그것은 바로 경험이 적다는 것이었다.

크레이언 올드 세이라의 가디언이기에 그녀의 곁에 오랜 시간 붙어 있으면서 정보로 배운 것이다.

즉 세상을 글과 영상으로 배운 천재였다.

"천재를 이기는 방법은 하나밖에 없어."

—……?

"미친놈처럼 마음 내키는 대로 행동하는 거야."

—네? 그게 무슨……?

"예측이 불가능하게 만들어 버리는 거지. 그것만큼 상대를 당황하게 하는 게 어디 있겠어?"

—…….

세프는 순간 꿀 먹은 벙어리가 되어버렸다.

너무나도 정확한 말이었으니 말이다.

현재 재중이 상대하고 있는 녀석은 세상의 틀을 짜고 계획할 만큼 엄청난 두뇌와 결단력을 가지고 있는 라스푸틴이다.

자신의 제자들까지 도구로 삼을 정도로 냉혈한인 녀석이다.

그런 라스푸틴에게 상식적인 판단은 결국 아무 소용이 없을 수밖에 없었다.

라스푸틴이라면 예측이 가능할 테니 말이다.

"세상은 말이야, 한 치 앞을 내다볼 수 없기에 재미있는 거야. 안 그래?"

그러고는 그대로 세프의 눈앞에서 사라져 버린 재중이었다.

*　　*　　*

생각을 해봤다.

사실 그냥 별것 아닌 것처럼 넘길 수 있는 일이기도 했다.

하지만 재중은 타이탄의 석판을 보면서 무언가 이질감을 느꼈었다.

바로 석판을 받는 순간 말이다.

그때는 그냥 이질감으로 넘겼지만 지금 생각해 보니 확실히 이상했다.

'왜 굳이 석판으로 만들어야 했지?'

상대는 신의 대리인으로 불리는 타이탄이었다.

드래곤과 동급의 능력과 힘을 가진 존재다.

과연 타이탄이 문자를 남기기 위해서 굳이 불편하고 번거로운 석판에 문자를 남긴 이유가 무엇이었을까 하는 궁금증이 들었다.

굳이 석판이 아니라도 방법은 많았다.

크레이언 올드 세이라에게 직접 남겼다면 석판이 아니라 이미지 마법도 있었다.

하다못해 당시 이미 가죽에 글을 써서 남기는 것도 충분할 만큼의 문명 수준을 가지고 있었다.

하지만 굳이 석판에 문자를 남겼다는 것에 재중은 순간 한 가지 생각이 들었다.

어쩌면 석판의 문자보다 석판 자체가 더 중요한 것이 아닐까 하는 생각이 말이다.

'열쇠…….'

재중이 가장 먼저 석판 자체의 용도를 떠올린 것은 바로 열쇠였다.

이미 영화 등지에서 많이 써먹은 것이긴 하다.

하지만 확실히 석판을 열쇠로 쓰는 것이 가장 가능성이 높았다.

'그토록 원하는 녀석에게 줘버리면 알아서 모습을 드러내겠지.'

더 이상의 숨바꼭질은 사양하고 싶었다.

조금 위험하더라도 재중은 아예 라스푸틴이 원하는 것을 통째로 줘버린 다음 기다리기로 생각을 굳힌 것이다.

어차피 재중에게 지구 인간들의 안위, 세계 평화 그런 것은 안중에 없었다.

정말 위험하면 테라가 만들어놓은 임시 레어에 인연이 있는 사람들만 안전하게 해놓고 모든 것이 끝난 뒤 세상에 돌려보내도 충분했다.

지긋지긋한 꼬리잡기를 계속해 봐야 결국 라스푸틴의 손아귀에서 놀아날 것이 분명하다는 느낌이 들자 아예 허를 찌르는 방법을 택하기로 한 것이다.

저벅, 저벅.

딱~ 딱~

투명화 마법에 존재감을 바닥까지 끌어내린 재중은 최

첨단 장치들을 한마디로 바보로 만들어 버렸다.

적외선 열 센서 장치는 테라가 실드로 재중의 체온 감지를 막아버리고 투명화 마법으로 카메라도 무효화시켜 버렸다.

압력 감지 센서는 그냥 허공을 걸어서 건너가 버리는 만행까지 저질렀다.

그러다 보니 재중이 천문대 정문으로 들어가서 천문대 지하 13층에 있는 침족의 유일한 생존자인 여자가 잡혀 있는 곳에 도착하기까지 걸린 시간은 겨우 10분이었다.

세계 첩보 기관의 요원들이 그토록 침투하고 싶어서 안달이 난 NSA 관련 지부를 말이다.

─언락.

재중이 사방이 유리로 만들어진 특이한 공간에 녹색 환자복 같은 것을 입고 있는 동양인 여성을 쳐다본 것과 동시에 테라가 강제로 잠금 장치를 풀어버렸다.

지이잉…….

그러자 유리벽 하나가 통째로 움직이면서 문이 열렸다.

"……."

유리문이 열린 기척에 천천히 고개를 든 여성이 재중을 보았다.

하지만 어째서인지 아무런 반응이 없었다.

아니, 반응할 수가 없었다.

허공을 바라보는 듯한 눈동자, 세상의 모든 것이 무의미해진 눈동자를 마주하자 그녀의 눈동자에서 지옥의 나락까지 떨어진 여자의 감정이 고스란히 전해졌다.

그리고 그녀의 눈동자를 보고 재중은 바로 알아차렸다.

여자가 왜 저렇게 죽은 사람처럼 반응이 없는 것인지 말이다.

"보는 앞에서… 다 죽였군."

―그런 것 같아요. 대륙에서 흔하게 보던 눈동자와 같은 걸 보면요, 마스터.

대륙은 지구와 달리 제국도 수도와 큰 도시가 아니면 산적과 마적이 들끓는 곳이 흔했다.

그리고 산적과 마적들은 잡은 사람들을 다루기 편하게 하기 위해 대부분 공통적으로 하는 짓이 있었다.

바로 잡아갈 사람이 보는 앞에서 가족이나 자식을 죽여 버리는 것이다.

인간은 너무나 강한 정신적인 충격을 받으면 스스로를 보호하기 위해서 마음의 문을 닫아버린다.

마음을 닫아버린 사람, 마적과 산적들에게는 그것보다 편한 인질이 없었다.

그냥 내버려 둬도 도망가질 않으니 말이다.

무슨 말을 해도, 그 어떤 짓을 해도 반항이 없었다.

그리고 그렇게 마음을 닫아버린 인간은 노예로서의 교육도 쉽고 편했다.

불과 몇 푼의 돈 때문에 인간이 인간을 노예로 사고파는 것이 당연한 곳이 대륙이다.

그곳에서는 일반적인 일이었다.

하지만 설마 지구에서까지 저런 눈동자를 보게 될 줄 몰랐던 재중이었다.

순간 재중의 눈동자가 날카롭게 변했지만, 딱히 그녀를 향해 손을 내밀지는 않았다.

이것이 그녀의 운명이라면 스스로가 견뎌야 하는 몫이었다.

―마스터, 정말 그냥 석판만 두고 가실 거예요?

"응."

―…….

재중은 그녀에게 다가가 시선을 맞추고는 석판을 꺼내 손에 쥐어주었다.

그리고 조용히 속삭이듯 침족의 생존자인 그녀에게 말했다.

"난 당신이 누군지 모른다. 그리고 당신을 구해줄 생각도 없다."

정말 심장이 시리게 느껴질 만큼 냉정한 말이었다.

한데도 여자는 아무런 반응이 없었다.

하지만 재중도 딱히 여자의 반응을 원한 것은 아니었기에 계속 말했다.

"복수하고 싶다면 이것을 전해라. 그럼 너의 복수가 시작될 테니까."

스르륵…….

재중이 복수라는 말을 하자 처음으로 여자가 반응을 보였다.

여자는 눈동자가 아닌 고개를 들어 재중을 쳐다봤다.

물론 대답이나 다른 행동은 없었다.

저벅…….

냉정하게 여자의 눈길을 뒤로하고 돌아선 재중이 걸어서 다시 밖으로 나가는 순간, 여자의 입에서 처음으로 목소리가 흘러나왔다.

"복수를… 해줄 건가요?"

온몸의 힘을 빼고 말하는 듯 아주 작은 목소리였지만, 너무나 선명하게 들려 재중은 고개를 돌렸다.

"난 누구를 위해 복수해 주지 않아. 오직 나를 위해 움직일 뿐이지."

그러고는 완전히 유리 공간 밖으로 나가자 저절로 유리

벽이 움직이면서 본래의 모습으로 돌아갔다.

처음 재중이 오기 전 그대로의 모습이다.

반면 여자는 재중이 허공에 녹아들 듯 눈앞에서 사라졌음에도 그런 것에 신기해하거나 놀라는 눈빛이 아니었다.

아니, 오히려 눈동자에 생기가 돌기 시작했다.

죽어 있던 눈동자가 다시 되살아나기 시작하자 그녀의 표정도 미묘하게 변했다.

"나를 위해… 나를……."

여자가 나직이 말했다.

재중의 그 말에 아련히 잊으려고 하던 기억이 떠올랐다.

죽어가면서도 어떻게든 살아남으라고 하던 부모님, 그리고 사랑하던 연인의 외침까지 말이다.

살아남아야 했다.

아니, 죽더라도 이렇게 무의미하게 죽고 싶지는 않았다.

어찌 들으면 재중이 한 말이 별것 아닐 수도 있다.

하지만 죽지 못해 살아가고 있던 여자에게는 살아야 할 이유를 기억나게 해준 열쇠나 마찬가지였다.

쫘악…….

석판을 잡은 손가락에 힘이 들어가고 여자의 눈동자가 완전히 생기를 되찾자 모든 것이 바뀌기 시작했다.

우선 뼈가 없는 문어처럼 늘어져 있던 몸을 일으켜 세워 제 발로 유리벽으로 다가가더니 발로 차기 시작했다.

쿵쿵쿵, 쿵쿵쿵!

특수 유리인지, 아니면 여자의 힘이 약한지는 모르지만 약간의 흔들림만 있을 뿐 유리벽은 꿈쩍도 하지 않았다.

다만 유리벽의 흔들림이 어느 정도 계속되자,

위이잉!!

갑자기 경보음이 울리더니 자동소총으로 무장한 남자 세 명이 들어왔다.

"뭐야?!"

"갑자기 왜 저래?"

NSA 요원들은 조금 전까지만 해도 죽은 듯이 늘어져 있던 여자가 갑자기 발로 유리벽을 차는 모습에 놀라기는 했지만 쳐다보기만 할 뿐 별다른 조치를 취하지는 않았다.

누가 봐도 미친년이 발광하는 모습으로밖에 보이지 않았기 때문이다.

그런데 그렇게 쳐다보던 중 여자의 옆에 서 있던 요원 하나가 이상한 듯 고개를 갸웃거렸다.

"저 여자가 들고 있는 거 뭐지?"

"응?"

요원들의 주의가 한곳으로 쏠렸다.

별것 아닌 걸로 생각하던 요원들은 여자가 들고 있는 석판을 보고는 고개를 갸웃거리더니 옆으로 가서 작은 단말기를 조작하기 시작했다.

"어? 석판 같은데?"

여자가 갇혀 있는 공간의 카메라를 조작해서 자세히 살펴본 듯 요원이 말했다.

"음, 보고해야겠지?"

요원들은 약간이라도 이상 현상이 감지되면 무조건 보고하라는 윗선의 지시를 떠올렸다.

그들은 결국 여자가 발로 차던 유리벽을 열고 힘으로 여자를 제압하고는 석판을 빼앗으려고 했다.

"아악!!"

하지만 여자가 요원의 손을 물어뜯으면서까지 석판을 죽어도 뺏기지 않으려고 난리 치자 요원들로서도 수가 없었다.

결국 석판과 함께 여자의 반응까지 고스란히 NSA에 전해져 버렸다.

재중이 원하던 대로 말이다.

그런데 지금 NSA를 감시하고 있는 것은 재중뿐만이 아니었다.

─역시 재중 님은 예측이 불가능한 성격이시군.

테라는 재중의 명령에 따라 마법으로 NSA를 감시하고 있고, 세프는 자신의 위성을 총동원해서 NSA를 집중적으로 감시하고 있었다.

보안이 철저하긴 했지만 이미 어느 정도 알고 있는 상태였다.

세프가 어느 정도 정보를 가진 상태에서 집중적으로 위성까지 총동원해서 감시하자 서서히 NSA의 정보도 손댈 수 있는 영역으로 접어든 것 같았다.

NSA의 통신을 추적하면서 감시하던 세프는 석판에 대한 내용이 최종적으로 보고되는 곳을 확인하고는 눈동자가 날카롭게 변했다.

―역시나 랜필드 가문이군.

세프의 예상대로 NSA가 최종적으로 보고한 것으로 추정되는 곳은 바로 랜필드 가문의 본가였다.

그것도 가장 빠른 루트로 보고되었다.

그것을 보면 NSA를 쥐고 흔드는 것은 결과적으로 국방부가 아닌 랜필드 가문이었던 것이다.

CIA보다 더욱 은밀하고 감춰진 것이 많은 NSA를 조종한다는 것부터가 이미 랜필드 가문의 권력이 얼마나 대단한지 단편적으로 보여주는 일이었다.

하지만 그것보다 지금 세프의 눈동자가 날카로워진 이

유는 따로 있었다.

바로 랜필드 가문과 라스푸틴의 관계가 자신이 생각한 것 이상으로 오래되었을지도 모른다는 것 때문이었다.

―도대체… 라스푸틴은 어떻게… 골렘에 대한 것을 안 것일까.

타이탄의 유적이야 어쩌다가 발견되었다고 생각할 수도 있었다.

하지만 골렘에 대한 것은 세프도 크레이언 올드 세이라가 재중에게 이야기하기 전까지는 자세히 모르고 있던 내용이다.

즉 온전히 골렘에 대한 정보를 알고 있던 사람은 지구에서 세프의 마스터인 크레이언 올드 세이라뿐이었다는 것이다.

하지만 라스푸틴의 행동을 집요하게 찾아본 결과 세프가 내린 결론은 단 하나였다.

―골렘을 다시 되살리기 위해 움직이고 있었어. 처음부터.

그랬다.

라스푸틴은 의도적으로 재중에게 접근한 것이다.

자신의 존재를 철저하게 감추고서 말이다.

세상의 그 누구도 알지 못할 만큼 은밀하면서도 한편으

로는 대담하게 움직인 라스푸틴을 보면 세프도 감탄할 지경이다.

물론 도저히 이해가 가지 않는 것이 몇 가지 있었다.

하지만 세프는 라스푸틴이 랜필드 가문과 오래전부터 인연을 맺어왔다는 것을 확인하자 자신의 생각이 맞았다는 것을 확신했다.

그리고 재중도 그런 세프의 말을 듣고서 표정이 굳어진 채 풀어지질 않았다.

"세프 네가 말한 것이 사실이라면… 본인에게 듣는 수밖에 없겠군. 어떻게 나의 존재를 알았는지, 그리고 골렘에 대해서 알았는지 말이야."

미끼는 이제 던져졌다.

재중은 이제 기다리기만 하면 되는 것이다.

마치 낚시를 하듯 넘겨준 석판이라는 미끼에 대어가 물기를 말이다.

─그리고 재중 님.

"응?"

─조금 전부터 2분 간격으로 재중 님의 동생에게서 계속 연락이 오고 있습니다.

테라와 달리 세프는 평범한 인간인 연아에게는 존대를 하지 않았다.

물론 그렇다고 인간을 무시하는 행동도 하지 않았다.

하지만 가디언이기 이전에 본래 엘프였기에 이 정도만 해도 사실 셰프 입장에서는 최대한 예의를 차린 것이었다.

어차피 재중은 별 상관 하지 않았다.

"아무래도… 연아도 알아야겠지? 그냥 보호하는 것보다 어느 정도는 이제 알아야 납득할 테니까."

재중은 자신의 진정한 정체까지 밝히지는 않겠지만 상황이 어떻게 돌아가고 있다는 것 정도는 알려줄 필요가 있다고 느끼기 시작했다.

사실 연아가 어린애도 아니고 상황을 지켜보면서 눈치껏 무언가 중요한 일이 벌어지고 있다는 것 정도는 알고 있었을 것이다.

그랬기에 지금껏 조용히 따라주었을 터이다.

천서영에게야 이미 힘을 보여주고 납득을 시켰다.

하지만 정작 가장 중요한 가족인 연아에게는 천서영과 같은 설득조차도 전혀 하지 않았다.

물론 가능하면 재중의 욕심대로 평범한 삶을 살아가길 원했다.

그러나 이제는 마나의 인도자들까지 인연이 만들어진 상태다.

천서영이 이미 재중을 마법사로 알고 있는 이상 이런 재중의 고집은 의미가 약해졌다고 해도 딱히 틀린 말은 아니었다.

　무엇보다 이제부터 테라가 만들어놓은 임시 레어에 잠시 피신시켜 놓을 결심까지 했기에 재중은 웬만하면 모두 오픈하기로 생각을 굳혔다.

Chapter 06
낚시질

재중귀환록

"지금… 섬으로 가야 한다고?"

연아는 잠깐 졸았는데 너무나 기분 나쁜 꿈이 계속 뇌리에 선명하게 남아 있어 평소에는 딱히 하지 않던 연락을 했다.

통화가 된 것은 아니지만 재중이 자신을 찾아온 것을 보면 연락이 닿은 것이기에 멀쩡한 모습에 안심하려던 찰나였다.

하지만 이어서 재중의 입에서 가능하면 빨리 짐을 싸서 섬으로 들어가라고 하는 말이 나온 것이다.

연아는 재중의 말에 놀란 표정을 감추지 못했다.

"응, 아무래도 상황이 나쁘게 돌아가고 있어서 어쩔 수가 없어."

물론 석판을 넘겨준 재중의 책임도 50% 정도 있지만 전혀 거리낌 없는 표정이기에 연아는 꿈에도 모를 것이다.

재중이 인류의 재앙에 가까울지도 모를 카운트다운의 스위치를 눌렀다는 것을 말이다.

석판의 중요성을 이미 알고 있는 라스푸틴이나 뒤늦게 알게 된 재중이나 결국은 같은 것이다.

"…이번에는 마지막이려나."

연아도 계속되는 강행군과 긴장감의 연속에 결국 지쳐가는 것인지 나직하게 한마디 했다.

꽈악.

재중은 그런 연아의 어깨를 잡아서 살며시 안아주었다.

"이번이 끝일 거야."

"응……."

연아도 재중이 왜 이토록 바쁘게 움직이는지는 대충 눈치로 알고 있었기에 지금까지 별다른 말은 하지 않았다.

하지만 역시나 걱정이 되는 것은 어쩔 수가 없는 모양이다.

"그럼 오빠도 같이 가는 거야?"

"아니."

"응? 그럼… 오빠는?"

섬으로 간다는 말에 재중도 같이 갔으면 했기에 물었는데 재중이 고개를 흔들었다.

연아는 자신도 모르게 재중을 잡고 있는 손에 힘을 주었다.

마치 쉽게 놓지 않겠다는 마음의 표현을 하듯 말이다.

"난 마무리를 지어야지."

"꼭… 오빠가 해야 되는 거야? 사이먼 님이나… 다른 분들이 있잖아. 그분들은 라스푸틴이라는 자를 찾아내는 것이 의무이자 이유라면서? 그런데 오빠는 아무런 인연도 없잖아."

연아가 재중을 보면서 손을 강하게 끌어당겼지만 꿈쩍도 하지 않았다.

애초에 보통의 남자라도 여자가 힘을 쓴다고 끌려가지 않는데 드래곤인 재중은 어림도 없는 일이었다.

"인연이 있었어."

재중은 그제야 연아가 모르는 사실을 풀어내기 시작했고, 그 말을 들은 연아는 황당한 표정을 지었다.

물론 옆에 있는 천서영도 황당하다는 표정은 마찬가지였다.

하지만 그래도 천서영은 재중의 숨겨진 힘을 가장 먼저 알았기 때문인지 침착함을 유지하는 편이다.

"그러니까, 신승주 씨를 아프게 만든 사람이 라스푸틴이라는 거야?"

"응."

"그리고 오빠가 아픈 신승주 씨를 치료한 것도 모두… 라스푸틴이 계획했다는 거고?"

"응."

"말도 안 돼."

대충 10년 정도 마법의 힘을 배우기 위해 세상을 등지고 산속에서 살다가 다시 나왔다는 말로 차원이동 때문에 생긴 10년이라는 시간적 괴리는 넘겼다.

하지만 라스푸틴과 재중은 전혀 연관점도 없을뿐더러 재중은 라스푸틴의 존재를 최근에 알았다고 했다.

즉 재중의 이야기를 들으면 소설보다 더 소설 같은 이야기였던 것이다.

라스푸틴이 재중의 존재를 알고서 오래전부터 천천히 일을 진행시켰다는 말이었으니 말이다.

"오빠는 그걸 믿어?"

연아는 도무지 믿을 수가 없다는 표정으로 말했지만, 재중은 그저 피식 웃을 뿐이었다.

"증거도 없고 아직도 난 라스푸틴을 만난 적이 없기에 들은 것도 없어. 하지만 모든 상황을 종합하니 라스푸틴은 나를 예전부터 알고 있었고, 자신의 계획을 위해서 나를 움직였다는 결론에 도달했어."

"……."

연아는 황당한 표정 그대로 천천히 소파에 앉으며 입술을 굳게 다물었다.

재중이 저렇게까지 이야기하는 것을 보면 거의 심증은 굳혔다는 뜻이다.

그동안 재중이 한 번이라도 가볍게 말한 적이 있었다면 연아도 쉽게 받아들이지 못했을 것이다.

하지만 자신이 한 말은 하늘이 두 쪽 나도 지키는 재중의 성격을 누구보다 잘 아는 것이 바로 연아다.

이렇게까지 말한 이상 거짓말은 아니라는 것을 알기에 연아도 받아들이기 위해서 생각에 잠겼다.

물론 쉽게 받아들일 수 있을 리가 없다.

생각해 보라.

생전 안면도 없는 사람이 자신의 계획을 위해서 아주 지능적으로 재중을 이용했다면 누가 믿겠는가?

오히려 연아는 그런 말을 덤덤하게 말하는 재중의 성격이 대단해 보이기까지 했다.

"그럼… 오빠… 혹시… 우리 부모님의 사고도 라스푸틴의 짓이야?"

"……?"

재중은 순간 연아의 말에 스치듯 어린 시절 일어난 부모님의 교통사고가 떠올랐다.

하지만 그건 연아가 너무 멀리까지 생각한 것이라는 판단이 들었다.

"아니, 그건 아닐 거야. 그땐 내가 너무 어렸으니까."

연아를 찾아서 고아원을 뛰쳐나와 길거리를 헤매던 재중의 생활은 무방비 그 자체였다.

만약 라스푸틴이 연아의 상상대로 부모님의 교통사고도 계획했다면 그런 자신을 그냥 두고 봤다는 것은 있을 수 없는 일이었다.

그래서 재중은 아니라고 단호하게 고개를 흔들었다.

"하긴… 내가 너무 상상이 심했지? 헤헤헤."

연아는 자신이 말하고도 어이가 없는 말이었기에 그냥 웃어 넘겼다.

그러나 연아가 재중을 보는 표정에는 걱정이 가득했다.

"연아야."

"응."

자신을 너무 걱정스럽게 보는 연아의 모습에 재중은 눈

높이를 맞추고 말했다.

"세상에 나를 어떻게 할 수 있는 것은 없어."

재중은 진심으로 말했지만,

"풋!"

연아는 그런 재중의 말에 실소를 터뜨렸다.

"알았어. 오빠가 마법사로서 굉장히 강하다는 것은 알고 있어. 싸움도 뭐 영화 주인공 저리 가라인 건 내가 직접 봤으니까. 하지만… 그냥… 걱정이 되는 거야."

"알아. 하지만 이건 내가 풀어야 해."

라스푸틴이 정말 자신을 이용했다면 재중은 정말 물어보고 싶은 것이 있었다.

이건 연아가 말린다고 들을 문제가 아니었다.

"알아. 우리 집안 사람들 고집 센 건 알고 있으니까."

연아는 결국 재중이 죽을지도 모르는 곳으로 간다는 것을 막지 못했다.

아니, 막을 수가 없었다.

자신을 찾아오기 전까지 재중이 어떻게 살아왔는지 전혀 알지 못했으니 말이다.

"녀석, 좋은 남자 만나서 결혼이나 해라."

뜬금없는 재중의 결혼하라는 말에 연아가 눈을 새초롬하게 뜨고 말했다.

"오빠나 얼른 서영이와 식 올리세요. 그렇게 한 남자를 해바라기처럼 기다리는 여자는 같은 여자인 나도 감탄할 정도니까 말이야."

아쉬울 것 하나 없는 천산그룹의 손녀가, 재중에게 저렇게까지 지고지순한 순정을 바치는 것은 연아가 봐도 재중의 돈 때문이 아니라는 것이 눈에 보였다.

교태나 애교를 부리면서 재중에게 꼬리를 쳤다면 연아도 천서영을 반대했을 것이다.

하지만 막상 뚜껑을 열어보니 천서영은 현모양처 감이었다.

그것도 요즘 세상에 보기 드문, 천연기념물로 불릴 만큼 지고지순한 현모양처 말이다.

한데 어째서 재중은 그런 천서영을 무뚝뚝하게 대하는지 연아는 여전히 이해가 가지 않았다.

피식~

"또 웃음으로 대답을 대신하는구만."

연아는 결혼 이야기가 나올 때마다 대답 대신 애매모호한 웃음으로 넘겨 버리는 재중의 모습에 고개를 흔들었지만 여기까지였다.

떨어져 있는 시간이 길어서인지 연아는 아무리 가족이라도 인생이 걸린 문제에서는 딱 여기까지만 잔소리를 했다.

어쩌면 개인의 행복은 스스로가 결정하는 문화가 대부분인 알래스카에서 자란 탓인지도 모른다.

재중도 그건 마찬가지였다.

재중의 재력과 능력이면 얼마든지 연아에게 깊이 관여할 수 있지만 똑같이 잔소리만 하고 끝내는 것은 살아온 환경보다는 핏줄이 그런 것이다.

"필요한 것은 구해줄 테니까 준비해 둬."

"알았어."

재중이 굳이 말하는 것을 보고 언제 상황이 급변할지 모른다는 것을 눈치챈 연아가 고개를 끄덕이면서 물러났다.

이번에는 천서영이 재중의 곁으로 다가왔다.

"몸조심하세요."

"응."

무드도 없고 분위기를 만들 만큼 재중의 성격이 부드러운 것은 아니다. 하지만 재중의 방금 짧은 대답엔 진심이 담겨 있었다.

천서영도 오랫동안 재중을 옆에서 지켜봐 와서 그런지 만족해하는 표정이다.

다만 무언가 더 할 말이 있는 듯했지만 결국 말하지 못하는 천서영이었다.

그런데 그때 테라로부터 다급한 목소리가 재중의 뇌리에 울렸다.

—마스터, 카디스가 모습을 드러냈어요.

—카디스가?

—네. 그런데 카디스의 손에 마스터께서 넘긴 석판이 들려 있는데요.

'......?'

재중은 라스푸틴이 아닌 카디스가 석판을 들고 모습을 드러냈다는 말에 조금 의아했다.

'위치는?'

—하와이예요.

하와이라는 말에 재중은 NSA에 넘겨준 석판을 카디스가 바로 받았다는 것을 알 수가 있었다.

석판을 카디스가 직접 들고 있다는 말은 NSA로부터 넘겨받았다는 말이다.

석판의 중요성을 생각할 때 카디스가 라스푸틴과 생각 이상으로 깊은 관계를 가지고 있었다는 것을 느낀 재중은 즉각 움직이기로 했다.

"지금 당장 짐 챙겨."

카디스가 나타난 이상 언제든지 상황이 급변할 수 있기에 재중은 빠르게 말하고서 사라졌다.

"적응이 안 되네, 저건."

연아는 재중이 허공에서 홀연히 사라져 버리는 모습에 고개를 흔들었다.

재중이 마법을 사용한다는 것을 이미 알고 있지만, 공간 이동은 도무지 적응이 쉽지 않았다.

그리고 슬쩍 천서영을 쳐다보면서 씁쓸한 눈빛을 보냈다.

"그거면 충분해?"

"네."

마음이 복잡한 표정의 연아와 달리 천서영은 애써 웃어 보였다.

"난 성격상 참는 것을 잘 못하는데… 넌 대단하다. 어떻게 그렇게까지 참고 바라볼 수 있는 건지 말이야."

저렇게까지 바보처럼 재중에게 순종적이면서 올곧게 바라보는 천서영이 연아도 좋아 보이긴 했다.

자신의 친오빠를 열렬히 사랑한다는데 당연한 일이다.

거기다 나이도 어리고 천산그룹의 손녀에 소문난 미녀이기까지 했으니 말이다.

그러나 이럴 때의 천서영은 연아에겐 답답해 보이기만 했다.

재중은 끝까지 천서영에게 뭐라고 말하지 않았고, 천서

영은 그것을 순순히 받아들이는 것이 말이다.

"뭐… 개인의 감정이니 나도 뭐라 할 수는 없지만, 같은 여자로서 난 너무 순종적이면 매력이 떨어질 수도 있다고 생각해."

"알아요, 언니."

천서영은 피식 웃으면서 고개를 끄덕였지만 어쩔 수가 없었다.

처음부터 좋아서 매달린 것이 천서영 본인이다.

연인 관계에 있어서 더 많이 사랑하는 사람이 무조건 손해 보는 거라는 말이 아무래도 틀린 말은 아닌 것 같았다.

Chapter 07
뒤를 쫓다

재중귀환록

"카디스가 자신의 노출을 감수하면서까지 석판을 직접 가지러 하와이로 오다니… 의외군."

이미 NSA의 공군 수송기로 이동 중에 있는 카디스를 뒤따르는 중인 재중이었다.

재중이 나직하게 말하자 세프의 대답이 들려왔다.

세프도 카디스를 찾아다니고 있었기에 카디스를 찾은 것은 원래 테라가 아니라 세프였다.

보고를 테라가 했을 뿐이다.

─마나의 인도자들의 네트워크가 개인 간의 친분과 사

제 간의 친분으로 이루어진 특성 때문인지 카디스의 배신에 대해서는 완전 무방비였습니다. 어쩌면 카디스가 라스푸틴의 제자인 알람을 추적한 것도 작전이었을지도 모릅니다.

"…처음부터 알람과 내통하고 있었을 가능성이 있다는 말이군."

재중은 처음 카디스를 만난 장면을 생각하면 지금도 카디스가 배신한 것이 사실인지 조금 의아했다.

그 당시 카디스는 정말로 죽어가고 있었으니 말이다.

아니, 재중의 넘치는 마나가 아니었다면 살리는 것도 불가능했을 것이다.

그런 상황에 배신했다는 것이 과연 가능한지 의문이 들었다.

—가능성이 몇 가지 있습니다.

"가능성?"

—네, 첫 번째로 라스푸틴과 일대일로 서로 연락했다면 라스푸틴의 제자인 알람은 카디스가 자신들의 편이라는 것을 몰랐을 수도 있습니다.

충분히 가능성이 있는 이야기였다.

자신의 제자들조차 믿지 않는 라스푸틴의 성격을 생각하면 카디스가 마나의 인도자들을 배신했다는 아주 핵심적인 정보를 이야기하지 않았을 테니 말이다.

아니, 어쩌면 라스푸틴은 카디스를 이용해서 제자를 감시하고 있었을 가능성도 있었다.

"경우의 수가 의외로 많군."

세프의 말을 듣게 되자 생각 외로 카디스가 배신했을 가능성이 높다는 쪽으로 생각이 기울었다.

—네. 그래서 카디스의 존재가 저는 라스푸틴을 찾는 데 아주 중요한 열쇠라고 생각합니다.

"그건 네 말이 맞는 것 같군."

재중도 카디스가 자신의 존재를 노출하면서까지 석판을 직접 가지고 움직이는 것 하나만 봐도 라스푸틴과 생각 이상으로 깊은 관계일 것이라 생각되었다.

—석판을 가지고 있는 카디스가 도착하는 곳, 아니면 근처 가까운 곳에 라스푸틴이 있을 가능성이 80% 이상입니다.

"그렇겠지. 라스푸틴은 타이탄의 석판을 처음부터 노리고 있었으니까."

—그것보다 한 가지 질문이 있습니다, 재중 님.

"해봐."

어차피 비행기 추적은 한동안 계속될 것이기에 재중이 대답했다.

─저의 마스터께서 지금까지의 사정을 듣고서 무언가 이상한 것을 느끼셨습니다.

"세라 님이? 이상한 것?"

따지고 보면 라스푸틴이 재중을 처음부터 알고 이용했다는 생각 자체가 이상했지만, 현재는 거의 당연하게 받아들이고 있다.

그런데 크레이언 올드 세이라가 이상한 것을 느꼈다면 무언가 이질감을 느꼈다는 것이다.

─저의 마스터께서 분명히 재중 님과 라스푸틴의 관계에 아주 중요한 연결점이 있을 것이라고 말씀하셨습니다.

"응? 나와 라스푸틴이 연결점이 있다니… 무슨 말이지?"

─그건 저도, 저의 마스터께서도 알지 못하는 부분입니다. 현재 알 수 있는 존재는 라스푸틴과 재중 님 본인뿐이니까요.

재중은 라스푸틴의 존재를 스페인에 갔을 때 처음 알았다는 것을 떠올리고는 고개를 흔들었다.

"아무런 연관이 없어. 난 외국을 나간 것도 차원이동해서 지구로 돌아오고 난 뒤였으니까. 거기다 알래스카 이외의 외국은 사실상 쟁롯 때문에 미국을 간 것이 처음인데, 이미 그때는 라스푸틴이 움직인 상황이었으니까 그전에 나를 만났다는 상황이 성립되지 않잖아."

─재중 님, 저의 마스터께서 이렇게 말씀하셨습니다.

"······?"

크레이언 올드 세이라가 직접 강조해서 말했다는 세프의 말에 재중은 귀를 기울였다.

─원인이 없는 결과는 없다. 지금의 라스푸틴과 재중 님의 관계가 보기에는 황당할지 모르지만, 생각지 못한 아주 사소한 일로 인해서 지금의 결과가 나타날 수도 있다는 것이 저의 마스터의 생각이십니다.

"그건 나도 알아. 세상에 원인이 없는 결과는 있을 수 없으니까 말이야. 하지만 아무리 생각해도 난 모르겠는데······."

원인이 없으면 결과도 없다는 말은 진리 중의 진리이다.

하지만 그것도 어느 정도 실마리라도 있어야 할 것이 아닌가. 재중에게 라스푸틴은 말 그대로 갑자기 툭 튀어나온 녀석이나 다름없었기에 답답할 뿐이다.

세프나 크레이언 올드 세이라의 말이 틀렸다는 것이 아니다.

다만 재중의 입장에서 처음 라스푸틴에 대해서 알았을 때는 그냥 흔한 악당 엑스트라 정도였다.

하지만 이게 파고들어 가서 진실이 밝혀지니 엑스트라
가 아니라 마지막 보스급으로 급상승해 버린 것이다.

그것도 재중이 이곳에 와서 겪은 일의 시작과 끝을 담
당할 만큼 엄청나게 커다란 비중이 되어버렸다.

"그보다 셰프."

─네, 재중 님.

"라스푸틴이 죽은 것이 1916년이니 사실상 마나의 인도
자들이 라스푸틴의 존재를 쫓은 것이 100여 년에 가까워.
그런데 이렇게 철저하게 자신을 숨기면서도 제자를 키우
고 카디스를 자신의 편으로 끌어들이는 대담함까지 보이
는 것이 가능할까?"

라스푸틴이 철저하게 자신을 숨기고 있다고 생각했을
때, 지금까지 녀석이 보인 행동을 보면 너무나 이중적이라
는 것을 최근에 느낀 것이다.

그 시작은 카디스의 배신이었다.

마나의 인도자를 이끄는 6인의 수장 중의 일인인 카디
스가 쉽게 라스푸틴의 회유에 넘어갔을 것이라고 재중은
생각하지 않았다.

즉 카디스를 끌어들이는 데 많은 시간을 들여야만 가능
하다는 것이다.

그 점을 생각하면 도무지 이야기의 앞과 뒤가 맞질 않

왔다.

자신을 숨기면서 카디스를 회유한다? 이건 자신을 드러내지 않고서는 도저히 불가능했다.

무엇보다 카디스가 쫓던 라스푸틴의 제자인 알람조차 카디스가 라스푸틴의 편이라는 것을 몰랐다.

라스푸틴의 정체가 그렇게까지 은밀한 것부터가 도무지 수수께끼였다.

ㅡ그 문제는 저의 마스터께서도 궁금하다고 하셨습니다. 과연 어떤 인간이길래 그렇게 대담하면서도 자신을 철저하게 숨기는 것에 완벽한지 배우고 싶다고 하셨습니다.

자존심이라면 하늘을 찌르는 드래곤의 배우고 싶다는 표현은 라스푸틴의 능력을 순수하게 인정한다는 최고의 찬사였다.

다만 그 천재가 적이라는 것이 가장 큰 문제였다.

"사실상 불가능하다는 거군."

ㅡ네, 자신을 드러내지 않고 카디스를 회유해서 배신하게 만든다는 것은 사실상 불가능한 일입니다.

세프는 순수하게 인정했고, 재중도 그 생각은 같았다.

도무지 불가능한 일을 해냈으니 말이다.

"미션 임파서블을… 해내는 것이 톰 크루즈보다 더하네."

영화가 차라리 현실이라고 생각될 만큼 어려운 일을 해냈으니 그런 생각이 드는 것은 당연했다.

그렇게 이야기가 진행되어 가는데 테라가 슬쩍 끼어들었다.

—마스터.

"응?"

—저기… 제가 생각해 봤는데요, 생각의 관점을 조금만 바꿔보면 왠지 수수께끼가 풀릴 것 같아요.

"수수께끼가 풀려?"

—네, 사실상 라스푸틴이 자신을 드러내지 않고서 카디스를 회유하는 것이 불가능하다는 것은 그만큼 마나의 인도자들의 네트워크가 규모는 작지만 믿음으로 뭉친 만큼 단단하다는 뜻이에요.

"그건 그렇지."

마법을 배움으로 인해 사제의 연을 맺은 마나의 인도자들은 그들의 네트워크가 좁고 한정적인 단점이 있었다.

하지만 반대로 사제의 인연으로 맺어진 만큼 그 끈끈함은 가족을 능가할 정도로 단단하기도 했다.

그래서 재중도 카디스가 배신한 것을 생각조차 하지 못한 것이다.

—하지만 만약 카디스가 배신한 것이 아니라면…….

"웅? 카디스가 배신한 것이 아니라니?"

재중이 NSA에 넘겨준 석판을 직접 들고 미국 본토로 날아가고 있는 카디스를 재중이 직접 따라가고 있는 상황이다.

그런데 카디스가 배신한 것이 아니라니.

테라의 말에 재중이 고개를 갸웃거렸다.

─영혼 이동 마법으로 라스푸틴이 카디스의 몸을 지배하고 있다면 지금의 모든 상황이 풀리지 않을까요?

"……!"

찌릿!

순간 재중은 온몸에 전율이 흐르는 느낌을 받았다.

왜 그 생각을 하지 못했단 말인가.

마나의 인도자들이 라스푸틴을 놓친 이유가 바로 영혼 이동 마법이었다는 것을 지금까지 까맣게 잊고 있었던 것이다.

하지만 생각과 달리 몸은 움직일 수가 없었다.

말 그대로 테라의 말은 생각의 관점을 바꿨을 뿐 문제가 있었다.

─테라의 말은 커다란 모순이 있습니다, 재중 님.

"알아. 언제 들어갔느냐는 말이지."

세프의 말에 알아들은 듯 재중이 대답했다.

―네, 저도 나름대로 알아봤는데 카디스에게서 이상한 점이 발견된 것은 최근입니다.

"최근? 정확하게 언제지?"

―높은 확률로 재중 님에게 카디스가 목숨을 구원받은 뒤입니다.

"응? 내가 죽어가는 카디스를 살렸는데, 그 뒤로 카디스의 행동이 이상했다는 건가?"

―네, 저도 카디스가 배신했다는 말을 듣고서 집중적으로 모든 행동 패턴을 살펴봤습니다. 그 결과, 매번 정해진 시간에 혼자 방에 남아 10여 분가량 있었습니다.

"……."

좀 애매했지만 최근에 갑자기 그런 행동 패턴이 생겼다면 의심해 볼 만했다.

―안전 가옥에 숨어 있을 때도 정해진 시간에 10여 분가량을 혼자 사라졌다 다시 나타난 적이 있습니다.

그때는 카디스에 신경 쓸 여력이 전혀 없었다는 것이 기억난 재중은 고민하듯 눈빛이 깊어졌지만 행동으로 옮길 수는 없었다.

당장 카디스의 멱살을 잡고 배신한 이유가 무엇인지 묻고 싶었다.

그러나 자칫 서둘렀다가 영원히 라스푸틴이 숨어버릴

수도 있었다.

결국 재중은 오히려 더욱 생각만 복잡해진 채 조용히 뒤를 따랐다.

하지만 그런 지루한 시간도 거의 끝나가기 시작했다.

"곧바로 애리조나로 가는 것을 보면… 타이탄의 신전으로 가는 것이 확실해."

이미 미국 본토에 들어왔지만 비행기는 그대로 꺾어서 애리조나주를 향했다.

그곳에는 당연히 타이탄의 신전이 잠들어 있는 그랜드 캐니언이 있었다.

재중은 혹시나 카디스가 다른 곳으로 갈지도 모른다는 생각을 했다.

하지만 카디스는 너무나 순순히 그랜드캐니언으로 가고 있었다.

그 모습에 재중은 자신이 너무 뻔히 보이는 미끼를 던진 게 아닌가 걱정이 사라졌다.

ㅡ마스터, 혹시 함정이 아닐까요?

누가 봐도 재중이 석판을 그냥 준 것이 확실한 상황이다.

한데도 타이탄의 신전이 있는 곳까지 논스톱으로 가는 것은 한마디로 나 여기로 가니까 따라오라는 말이나 마찬가지였다.

하지만 재중은 오히려 입가에 미소를 띠었다.

"나야 환영이지."

오히려 바라던 바다.

재중이 석판을 NSA에 그냥 넘겨준 것에는 여러 가지 생각이 있었다. 하지만 무엇보다 결정적으로는 라스푸틴이 마법사라는 것을 생각하고 모 아니면 도라는 심정으로 넘겨준 것이다.

마법사는 은근 승부욕이 강하고 집요한 편인데, 자신이 원하는 것을 순순히 넘겨준 재중을 그대로 둘까?

어림도 없는 소리였다.

거기다 석판이 목적이라면 재중의 존재는 더 이상 필요가 없었다.

즉 폐기 처분을 해야 하는데, 석판을 미끼로 던진 재중의 생각을 오히려 역이용해서 자신의 함정으로 끌어들여 재중을 처리할 가능성이 상당히 높았다.

함정에 함정을 이용하는 방법이다.

현재는 그 누구라도 라스푸틴이 함정을 팠다는 것을 알면서도 스스로 함정으로 걸어 들어갈 수밖에 없는 상황이긴 했다.

이런 상황을 유도한 것이 재중이다.

재중과 라스푸틴은 서로 눈에 보이는 뻔한 함정을 파놓은 것이다.

물론 재중에게는 이런 함정은 의미가 없다는 것을 라스푸틴은 알 리가 없다.

그것이 마지막으로 재중이 숨긴 함정이었다.

"낙하산……?"

재중은 애리조나주 공항을 그냥 지나치는 카디스의 모습에 혹시 뭔가 다른 방법이 있는 것일까 생각했었다.

군용기가 정확하게 타이탄의 신전이 잠들어 있는 위치에 다다르자 고도를 낮추는 것에 혹시나 했다.

하지만 역시나 문이 열리더니 재중에게도 익숙한 얼굴이 뛰어내렸다.

낙하산 하나만 달랑 등에 메고서 말이다.

"이스라엘 특수부대 출신이라더니… 다르긴 다르네."

만약 다른 6인의 수장을 라스푸틴이 꼬셨다면 이런 낙하산 착륙은 도저히 불가능했을 터이다.

훈련을 거치지 않은 인간이 낙하산 하나만 등에 메고 까마득히 높은 하늘에서 뛰어내린다는 것은 쉬운 일이 아니다.

특히 평생 지식을 탐구한 교수 출신이라면 두말할 필요가 없었다.

촤악!!

낙하산을 편 카디스가 땅에 착지하는 순간 몸을 굴려서 낙하 충격을 모두 흘려 버리는 능숙한 모습을 보면 현역 특수요원이라고 해도 믿을 만큼 자연스러웠다.

—마스터, 그냥 이대로 신전까지 따라 들어가실 거예요?

테라는 재중이 석판을 넘겨주긴 했지만, 어느 정도 때가 되면 다시 회수할 것이라고 생각했다.

그만큼 타이탄의 석판은 위험한 물건이다.

하지만 어째서인지 재중은 전혀 움직일 생각을 하지 않았다.

"라스푸틴이 모습을 드러내기 전까지는 안 돼."

—마스터, 그러다 골렘이 부활하기라도 하면… 정말 복잡해질지도 몰라요.

사실상 현재 지구에서 최강이라는 핵으로도 해결 불가능한 골렘이다.

핵폭탄보다 강력하다는 수소폭탄이 있긴 하지만, 핵폭발도 끄떡없이 견디는 골렘에게 수소폭탄이 먹혀든다는 확신이 없었다.

거기다 신전에 잠들어 있는 골렘의 숫자를 생각하면 부활하는 순간 지구는 종말을 향한 카운트다운이 끝나는 셈이다.

하지만 재중은 앞으로 연아가 살아갈 지구에 종말에 가
까운 재앙이 벌어질 위기에 놓인 지금도 그저 쳐다보고만
있었다.

테라는 평소 알던 재중의 행동이 아니기에 이상하다는
생각이 들었다.

―마스터답지 않아요.

결국 생각을 입 밖으로 끄집어낸 테라였다.

그런데 그런 테라를 본 재중은 조용히 혼잣말처럼 한마
디 했다.

"정말… 떠난 것일까."

―…네?

흘리는 듯한 말이었기에 테라는 듣긴 했지만 무슨 말인
지 알아듣지를 못했다.

"기다려 보면 알겠지. 크크크큭."

순간 반짝이는 재중의 눈빛에 테라는 오랜만에 소름이
돋았다.

무언가 재중 혼자만의 계획을 실행할 때 보이는 눈빛을
지구에 와서 처음으로 보았으니 말이다.

거기다 저렇게 반짝이는 눈빛은 대륙에서도 드물었었다.

대륙에서 드래고니안 편에 붙어서 인간을 배신한 귀족

을 혼자 잡으러 갔을 때보다 더욱 찬란하게 빛나는 눈동자를 보았다.

그래서 소름이 돋은 것이다.

ㅡ도대체… 어떤 일을 꾸미고 있기에… 마스터는…….

어차피 물어봐도 대답해 주지 않을 것을 알기에 테라는 고개를 흔들면서 조용히 그림자 속에서 주변 탐색을 했다.

이미 스위치가 켜진 이상 그 누구도 말릴 수 없다는 것을 잘 알고 있기 때문이다.

Chapter 08
신전 안으로

"엘리베이터를 고쳤군."

재중은 투명마법을 쓰고 존재감을 지우는 능력에 몸에서 나오는 모든 소리까지 차단하고 실드로 체온까지 차단시켜 버린 상태로 카디스를 따라 바위산 안으로 들어왔다.

산 내부를 살핀 재중은 저번에 자신이 부숴 버린 엘리베이터 대신 다른 것이 운행 중인 모습에 싱긋 웃었다.

훨씬 더 단단하면서도 구조가 단순한 것이 공사장에서 흔히 쓰는 것이었다.

아무래도 저번에 재중이 부숴 버린 바람에 꽤나 고생한 듯했다.

보기에는 허름해도 수리와 교체가 쉬운 엘리베이터로 바꾼 것을 보면 말이다.

촤라락!!

드르르르르륵, 드르르르르르르르르르르!

요란한 소리와 함께 위아래로 문이 열리고 카디스가 타자 엘리베이터가 아파트 공사장에서나 들릴 법한 모터 소리를 내면서 지하로 사라져 버렸다.

재중은 엘리베이터를 잠시 쳐다보더니 그대로 뛰어내려 마나를 조종해서 내려가고 있는 엘리베이터 1미터 위에서 멈췄다가 같이 내려갔다.

촤라락!!

한참을 내려온 엘리베이터의 문이 열리고 카디스가 밖으로 나오자 재중도 슬쩍 옆의 빈틈으로 몸을 빼 벗어났다.

저번 엘리베이터와 달리 이번 것은 허름한 만큼 빈 공간도 많았기에 쉬운 일이었다.

하지만 카디스를 따라 전에 본 골렘이 가득한 지하 신전에 들어섰을 때 재중은 걸음을 멈출 수밖에 없었다.

'뭐지? 흑마법사가 이렇게 많았나?'

검은색 로브를 두르고 모자를 깊게 눌러쓴 어둠의 마나를 품은 흑마법사 수백 명이 신전에 가득했다.

마나의 인도자보다 족히 두 배는 넘어 보이는 숫자였다.

'괴물이었군. 혼자서 흑마법사를 이 정도로 만들어낼 정도라면……'

재중은 타이탄의 신전에 모여 있는 흑마법사의 숫자를 보고 혀를 내둘렀다.

지금 결과만 놓고 보면 수백 년 동안 숫자를 불려온 마나의 인도자들은 바보처럼 느껴질 정도였다.

그만큼 엄청난 숫자의 흑마법사들을 만든 것이 라스푸틴이었으니 말이다.

라스푸틴이 마나의 인도자들에게서 생긴 첫 번째 배덕자였으니 결론은 이곳에 모인 흑마법사 대부분이 라스푸틴의 제자인 셈이다.

씨익~

하지만 오히려 재중은 이런 많은 숫자의 흑마법사보다 지금의 상황이 자신에게 유리하게 돌아가고 있다는 것이 더 기쁜 듯 입가에 웃음을 지었다.

'이 정도 숫자라면 당연히 라스푸틴이 모습을 드러내겠지.'

아무리 굉장하다고 하지만 숫자만 볼 때 지구에 있는 흑마법사 모두를 불러 모은 듯했다.

그럼 당연히 그들의 우두머리가 모습을 드러낼 것이다.

아니, 모습을 보여야만 했다.

흑마법사도 기본적으로는 스승과 제자를 시작으로 몸집을 불려 나갔을 것이다.

하지만 정도를 걷는 마나의 인도자와 흑마법사가 다른 점은 바로 자신의 욕망에 충실하다는 점이다.

약간의 빈틈만 보여도 제자가 스승을 잡아먹는 것이 가능한 것이 바로 흑마법이었다.

재중은 어째서 지금 이렇게 많은 흑마법사가 모였는지는 몰랐다.

어쨌든 지금 상황을 봐서는 흑마법사들이 집회를 여는 날짜에 맞춰서 석판을 NSA에 넘겨준 셈이다.

'움직인다.'

재중의 눈은 이곳에 모인 수백 명의 흑마법사를 살펴보면서도 카디스의 기척을 놓치지 않고 있었다.

아니, 오히려 더욱 집중해서 지금 카디스가 걷는 발걸음의 숫자까지도 모두 파악하고 있었다.

저벅저벅, 저벅…….

카디스가 수백 명이 모여 있는 흑마법사들의 사이로 들

어서자,

좌라라라락!

마치 바다가 갈라지듯 흑마법사들이 비켜서면서 길을
만들어주었다.

번쩍!

그리고 카디스가 석판을 힘껏 높이 치켜들자 흑마법사
수백 명이 동시에 바닥에 엎드려 이마를 땅바닥에 바짝 붙
였다.

'광신도가 따로 없군.'

수백 명이 앞에 엎드리는 모습에 카디스 본인은 아마
희열을 느낄 것이다.

남자들은 기본적으로 정복욕이라는 욕망이 본성에 깔
려 있다.

그래서인지 누군가의 위에 서는 것을 좋아한다.

과거 왕위를 얻기 위해서 형제를 죽이고, 아버지를 죽이
고, 가족을 죽이는 짓도 서슴없이 하는 인간들의 본성도
결국은 지금처럼 수백의 사람이 머리를 조아리는 모습에
서 오는 희열과 만족감 때문일 테니 말이다.

"……!"

그런데 뭔가 이상했다.

비릿한 향기, 코끝에 피의 진한 향기가 스치고 지나가는

순간, 재중은 무언가 잘못되었다는 것을 느꼈다.

털썩털썩, 털썩!

민감한 재중의 코끝으로 비릿한 피비린내가 스치고 지나가는 순간, 엎드려 있던 흑마법사들이 쓰러지기 시작했다.

마치 죽은 듯 말이다.

털썩털썩!

하나둘이 아니었다.

약간의 시간 차가 있을 뿐, 타이탄의 신전에 모여 있는 수백 명의 흑마법사가 갑자기 피를 흘리면서 죽는 데 걸린 시간이 불과 1분 남짓인 것을 보면 거의 동시에 죽었을 가능성이 높았다.

─마스터!

테라도 뭔가 잘못되었다는 것을 느낀 듯 재중에게 소리치자,

"알아."

재중의 몸이 그대로 사라졌다.

하지만 재중의 몸이 사라지는 순간, 카디스의 입가에 미소가 그려졌다.

씨익~

그와 동시에 카디스는 손에 들고 있던 석판을 그대로

내동댕이치듯 집어 던졌다.

수백 명의 흑마법사가 죽으면서 흘린 피가 모인 피 웅덩이 속으로 말이다.

첨벙~

퍽!!

아주 찰나의 순간, 석판이 수백 명의 피가 모여 있는 곳에 빠지는 것과 동시에 재중의 주먹이 카디스의 몸을 날려 버렸다.

퍼걱!

"쿨럭!"

몇 미터를 일직선으로 날려가 벽에 부딪친 카디스가 입에서 피를 뿜었지만 의외로 빨리 일어섰다.

그리고 입가에 흐르는 피를 닦으면서 비릿하게 웃기 시작했다.

"선우재중 님, 이렇게 몰래 들어오시면 안 되지 않습니까?"

이미 자신을 날려 버린 주먹의 주인공이 누군지 알고 있는 듯 카디스의 입에서 나직한 목소리가 들렸다.

"먼저 배신한 것은 그쪽일 텐데, 카.디.스?"

재중이 카디스의 이름을 또박또박 끊어서 불렀지만, 카디스는 계속 입가에 흐르는 피를 천천히 닦고서 웃었다.

"배신이요? 음, 그건 좀 생각해 볼 문제군요. 전 배신한 적이 없으니까요."

재중의 비아냥거림에 오히려 차분하게 받아친 카디스는 천천히 걸어서 재중을 향했다.

카디스의 입에서 재중의 이름이 나오는 순간 은신을 풀어버린 상태였으니 재중을 찾는 것은 별문제가 없었다.

하지만 다가오는 카디스를 본 재중이 살짝 오른발을 치켜들었다가 가볍게 대딛자,

쾅!!

마치 커다란 쇠구슬이 땅을 후려친 것처럼 강한 진동과 함께 바닥이 갈라졌다.

"이런이런, 화가 많이 나셨군요."

재중의 행동이 그냥 협박이 아니라는 것을 눈치챈 듯 카디스도 급히 걸음을 멈췄다.

하지만 능글거리는 말투는 여전했다.

"아마 궁금하실 겁니다. 어째서 내가 배신을 했을까? 어째서 그럴까? 하지만 저는 배신한 적이 없으니 의문을 풀 수는 없었을 겁니다. 그렇지 않습니까, 선우재중 님?"

푸아아악!!

갑자기 재중의 몸에서 엄청난 마나의 회오리가 휘몰아치더니 마나와 함께 살기가 무섭게 뿜어져 나오기 시작

했다.

"카디스, 장난은 그쯤 해라. 난 지금 기분이 너무 좋지 않아. 그러니 본론만 말해."

"이크~ 이런. 잊힌 존재께서 화가 나셨군요."

행동은 겁먹은 듯했지만 표정은 그것이 아니었다.

능글맞은 말투와 함께 눈동자가 너무나 편안해 보였다.

"다시 소개를 올리겠습니다. 제 이름은 카디스가 아니라 한때 농민으로부터 성자라고 불리던 그레고리 라스푸틴입니다. 직접 보는 것은 처음입니다, 잊힌 존재시여."

카디스, 아니, 라스푸틴이 자신을 밝히고 슬쩍 재중을 쳐다보았다.

그런데 어째 놀라는 표정이 전혀 아니었다.

"이런, 이미 알고 계셨나요?"

재중을 놀려먹으려고 하던 라스푸틴은 정작 재중이 덤덤한 표정이자 입맛을 다시면서 물었다.

"대충 예상은 했지. 모든 가능성을 다 추측했으니까."

"아하~ 역시… 잊힌 존재. 설마 제가 라스푸틴일 것이라는 가능성까지 생각했다니… 과연 지식의 탑이라고 불리는 드래곤이십니다."

마치 크게 감탄한 듯 재중을 칭찬하는 라스푸틴이다.

하지만 눈동자는 왠지 차갑기만 했다.

"너의 칭찬은 듣고 싶지 않아."

"아니죠. 대단한 것은 대단한 것이니까요."

양손을 크게 흔들면서 리액션을 하는 라스푸틴이지만, 실제로는 재중과의 일정한 거리에서 조금씩 멀어지고 있었다.

아주 천천히 몇 밀리미터밖에 되지 않았지만 말이다.

"라스푸틴."

재중은 카디스의 얼굴을 한 라스푸틴을 보면서 나직하게 이름을 불렀다.

"네, 위대한 존재시여."

"신승주에게 쟁롯을 보낸 것도, 나를 사칭해서 치료하겠다고 가서 신승주의 몸을 더욱 엉망으로 만든 것도 모두 너지?"

재중은 묻고 싶던 것의 핵심을 물었다.

"네, 제가 그랬습니다."

"나의 존재를 어떻게 알았지?"

가장 궁금하던 것을 재중이 묻자,

"재중 님과 전 영혼이 연결되어 있었으니까요."

"……."

황당한 소리를 하는 라스푸틴의 말에 재중의 눈빛이 차가워지더니 몸에서 뿜어져 나오는 살기가 더욱 강해졌다.

희뿌연 안개처럼 살기가 눈에 보일 만큼 말이다.

"쿨럭!"

라스푸틴도 재중의 이런 살기까지는 버틸 수가 없는지 표정이 일그러지고 입에서는 다시 피가 뿜어져 나왔지만 쓰러지진 않았다.

"장난은 그만이라고 내가 말했을 텐데, 라스푸틴?"

재중의 나직하지만 그 어느 때보나 살기가 가득한 목소리가 라스푸틴의 귀에 꽂혔다.

"저도 장난이 아닙니다. 정말 저와 재중 님은 영혼이 연결되어 있습니다. 재중 님이 다시 지구에 모습을 드러내는 순간, 제 영혼이 흔들리는 것을 느꼈으니까요."

"…무슨 말이지?"

재중은 살기는 그대로 유지했지만, 라스푸틴이 장난이거나 지금 시간을 때우려고 거짓말을 하는 것 같지는 않았기에 다시 물었다.

"예전 재중 님은 혹시 어떤 마법사로부터 드래곤 블러드를 마시지 않았습니까?"

멈칫!

재중의 몸에서 뿜어져 나오던 살기가 일순간 흔들렸다.

"베르벤……."

재중의 입에서 이제는 추억 속으로 사라진 베르벤의 이

름이 흘러나왔다.

"아, 그분의 이름이 베르벤이셨군요."

라스푸틴은 지금까지 베르벤의 이름도 모르고 있었던 것이다.

그리고 라스푸틴이 말한 영혼이 연결되어 있다는 말이 무슨 뜻인지 이해가 가기 시작했다.

"너도 드래곤 블러드를 마셨나?"

"네."

라스푸틴은 천천히 고개를 끄덕였다.

하지만 재중은 고개를 갸웃거렸다.

베르벤은 분명히 드래곤의 피를 먹고 살아남은 사람은 재중이 유일했다고 했다.

유일하게 재중이 살아남았기에 대륙으로 데리고 갔으니 베르벤이 거짓말을 할 리가 없었다

"당연히 전 죽었습니다. 드래곤 블러드의 힘을 몸이 견디지 못했으니까요. 하지만 의식이 끊어지는 마지막 순간, 이것에 제 영혼을 잠시 이동시켰기에 저는 살아남을 수 있었습니다."

그러면서 라스푸틴이 재중 앞에 꺼낸 것은 마나 무기였다.

"마나를 담을 수 있다면 당연히 영혼도 담을 수 있지 않

겠습니까?"

"……."

마나 무기를 보는 순간 어떻게 라스푸틴의 영혼이 카디
스의 몸으로 들어갔는지 이해가 되었다.

"내가 너를 살린 셈이군."

결과적으로 그때 카디스와 함께 라스푸틴도 재중이 살
려낸 것이다.

지금까지 찾아다닌 라스푸틴을 정작 재중이 되살려 냈
으니 얼마나 황당한 일인가.

거기다 드래곤 블러드를 먹고 육체는 죽었지만 그 당시
강렬한 기운이 영혼에 각인되었던 것이다.

라스푸틴은 영혼 이동으로 육체를 벗어났지만 재중이
지구로 돌아오자 강렬한 영혼의 파동을 느낀 듯했다.

같은 드래곤의 피였으니 말이다.

물론 라스푸틴의 영혼에 각인된 드래곤 블러드의 흔적
이었기에 재중은 느끼지 못했다.

반대로 라스푸틴은 재중의 존재를 바로 알아챌 수가 있
었던 것이다.

하지만 그 모든 것의 의문이 풀리더라도 정작 가장 이
해가 가지 않는 것이 있었다.

"왜 나지? 그리고 넌 어떻게 석판의 존재를 알고 있던 거지?"

그랬다.

어째서 재중이었을까?

어떻게 라스푸틴은 크레이언 올드 세이라만 알고 있는
석판의 존재를 알고 있었을까?

도무지 이것만큼은 추측이 불가능했다.

"정도의 길을 걷던 제가 어째서 흑마법에 빠졌는지 궁
금하지 않으신가요?"

"시답지 않은 소리 하지 말고 말해. 왜 나였지? 그리고
넌 어떻게 석판의 존재를 알고 있던 거지?"

재중은 말을 길게 하려는 라스푸틴의 행동을 바로 차단
해 버렸다.

"이런, 성격이 급하시군요. 하지만 뭐 알고 싶다면 알려
드리겠습니다. 그분께서 당신을 지목하셨기에 저는 쟁롯
을 이용해서 이렇게 복잡하게 일을 꾸민 겁니다."

"그분이라니, 누구지?"

재중의 나직한 되물음에 라스푸틴은 슬쩍 고개를 돌려
타이탄의 신전에서 가장 큰 석상을 쳐다보았다.

"누군지는 굳이 말하지 않아도 아실 겁니다. 그분이 저
를 흑마법의 세계로 이끌어주신 분이니까요."

좌라라라락!!

갑자기 재중의 몸이 번쩍하는 순간 재중의 손에서 섬광과 같은 것이 뿜어져 나갔다.

쾅!!

하지만 황당하게도 재중의 손에서 뿜어져 나간 섬광은 타이탄의 석상에 다다를 무렵 무언가에 막혀서 튕겨져 나갔다.

휘리릭!

착~!

재중은 튕겨 나온 은빛 섬광, 아니, 재중의 몸속 나노 오리하르콘으로 만들어진 칼날을 잡는 것과 동시에 몸으로 흡수해 버렸다.

"역시 타이탄이었군!"

라스푸틴을 흑마법으로 이끈 존재, 재중을 지목한 존재, 무엇보다 세상에서 크레이언 올드 세이라 외에 타이탄의 석판에 대해서 알고 있는 유일한 존재.

그는 바로 과거 크레이언 올드 세이라 이전 지구에 있던 관조자 타이탄이었다.

─마스터, 설마… 조금 전에… 말한 떠난 것이 맞는지 궁금하다는… 말이… 설마 세라 님 이전에 지구에 있던 관조자… 타이탄이었던 거예요?!

테라는 신전으로 들어오기 전 재중이 혼잣말처럼 중얼

거린 것이 무슨 뜻인지 이제야 이해가 된 듯 황당한 표정을 지었다.

이런 상황까지는 전혀 예측한 적 없는 테라는 황당했고, 그건 멀리서 지켜보던 셰프도 마찬가지였다.

—설마… 전대 관조자가… 지구를 떠나지 않고… 석판을 이용했다니… 마스터에게 알려야 해!

셰프는 상황이 생각 이상으로 황당하게 돌아가는 모습에 빠르게 자신의 마스터인 크레이언 올드 세이라를 부르려고 했다.

하지만 크레이언 올드 세이라는 이미 셰프의 옆에 모습을 드러낸 상태였다.

"이미 왔으니까 부를 거 없다."

—마스터!

"설마… 그때 타이탄이 지구를 떠난 것이 아니었다니… 황당하군."

상당히 기분 나쁜 표정을 짓고 있는 크레이언 올드 세이라다.

아무래도 직접 나서려고 마음먹은 듯한 모습을 본 셰프가 나직이 물었다.

—마스터께서 직접 관여하실 겁니까?

크레이언 올드 세이라에게는 지구에 일어나는 모든 일

에 직접적으로 관여하는 것이 금지되어 있었다.

지구의 균형이 흔들릴 수 있으니 말이다.

그만큼 드래곤의 존재는 어떻게 드래곤이 움직이느냐에 따라서 천재지변을 넘어 지구의 자전축이 흔들릴 만큼 강력했다.

그래서 지금까지 스스로 힘을 억눌러 온 크레이언 올드 세이라였다.

하지만 지금은 그녀에게도 도저히 가만히 있을 수 없는 상황이었다.

"감히 나를 이용해!"

자존심이 강한 드래곤에게 석판을 맡겨놓은 것은 결과적으로 가장 안전한 곳에 석판을 보관하다가 타이탄이 필요할 때 부활하기 위한 용도로 사용된 셈이다.

한마디로 드래곤의 자존심을 건드린 것을 넘어 발로 밟은 것이나 다름없었다.

─마스터, 직접 관여하시면 제재가 따를 것입니다!

지금 상황에서 혹시라도 자신의 마스터가 폭주라도 하게 되면 이건 정말 지구에 운석이 떨어진 것과 같다.

세프는 그런 상황은 어떻게든 막으려고 했다.

하지만 이미 불이 붙어버린 상황에서 가디언의 말이 먹혀들 리가 없는 크레이언 올드 세이라는 그대로 사라져 버렸다.

　—마스터!! 위험합니다!!

세프도 급히 뒤따라 사라져 버렸다.

Chapter 09
원흉의 등장

재중귀환록

"이런, 또 다른 잊힌 존재께서 오셨군요."

라스푸틴은 크레이언 올드 세이라의 존재도 이미 알고
있었다.

당연히 타이탄에게 들어서 알고 있을 터이다.

"이로써 다 모였군요."

그런데 돌연 라스푸틴이 의미심장한 말을 하더니,

푸욱!

오른손을 자신의 가슴에 박아 넣더니 심장을 꺼냈다.

"쿨럭! 모든 조건은… 완성… 되었……."

털썩!

그리고는 그대로 자신의 심장을 손에 쥔 채 피가 가득한 바닥에 쓰러져 버렸다.

"미친놈!!"

재중은 바로 움직였다.

하지만 설마 스스로 자신의 심장을 뽑아낼 줄은 몰랐기에 한 박자 늦고 말았다.

그리고 그 한 박자가 결국 지금의 상황을 만들어내고 말았다.

이제는 시체가 되어버린 라스푸틴, 아니, 카디스를 쳐다보던 재중이 몸을 천천히 일으켜 세웠다.

*   *   *

"타이탄, 네놈은 도대체 무슨 목적으로 이딴 짓을 벌인 거지?"

허공을 향해 재중이 조용히 묻자,

[이곳을 내 것으로 하기 위해서지.]

지하의 타이탄 신전 전체가 흔들릴 만큼 깊은 울림을 가진 목소리가 대답해 왔다.

그리고 재중의 시선이 천천히 타이탄의 목소리가 들린

곳, 신전에서 가장 큰 석상이 있는 곳으로 시선을 돌리자,

우르릉!

돌로 만든 석상이 크게 흔들리더니 마치 껍질을 벗어버리듯 타이탄의 석상이 부서져 내렸다.

그리고 부서진 석상 속에서 피보다 붉고 어둠보다 깊은 색을 가진 타이탄이 모습을 드러냈다.

"넌 누구지?"

그런데 석상 속에서 나온 타이탄의 모습을 본 크레이언 올드 세이라는 의외로 타이탄을 보고서도 처음 보는 듯한 표정으로 물었다.

[후후후훗, 모습이 많이 바뀌었으니 그대가 나를 알아보지 못하는군.]

담담한 목소리로 말하며 재중과 크레이언 올드 세이라를 쳐다보는 타이탄이다.

딱히 공격을 한다거나 힘을 쓰지는 않았다.

하지만 타이탄이 석상 안에서 모습을 드러내자 재중이 피부로 느낄 만큼 엄청난 압력이 쓸고 지나갔다.

'강하다.'

전대 관조자답게 잠깐이지만 타이탄의 힘의 파동이 전해준 감각은 결코 쉽지 않을 것이라는 느낌을 주었다.

드래고니안을 상대할 때도 이런 느낌을 받은 적이 없는

재중은 긴장하기 시작했다.

"어째서 그런 모습으로 돌아온 거지?"

이미 전투태세에 들어간 재중과 달리 크레이언 올드 세이라는 조금은 차분해진 상태였다.

아직 화가 나긴 했지만 타이탄의 모습을 보고서 뭔가 이상하다는 느낌이 들었기 때문이다.

[후훗, 왜 지구로 돌아왔냐고? 사실 나도 돌아오고 싶지 않았으니… 그 질문에는 딱히 할 말이 없군.]

"강제로 지구로 왔단 말인가?"

크레이언 올드 세이라가 이해할 수 없다는 듯 되묻자,

[그대는 이제 곧 이곳에서의 시간이 끝나고 본래 있던 차원으로 돌아가겠군.]

뭔가 말을 돌리며 엉뚱한 소리를 하는 타이탄이었다.

"그래. 하지만 그게 지금 당신이 이런 식으로 지구로 되돌아온 것과 무슨 상관이 있지?"

그리고 크레이언 올드 세이라는 타이탄이 심리전에 들어가는 느낌을 받았기에 바로 잘라 버렸다.

[후후후훗, 그대는 장담할 수 있나?]

돌연 질문을 던지는 타이탄의 모습에 크레이언 올드 세이라가 재중을 쳐다봤다.

하지만 지금 타이탄의 질문은 재중이 아니라 그녀 자신

에게 하는 질문이었다.

"무엇을 장담한다는 거지?"

마치 놀리는 듯한 타이탄의 말에 발끈한 크레이언 올드 세이라가 날카롭게 대답했다.

[그대가 돌아가야 할 차원, 그대의 고향이 그대의 기억에 있는 모습 그대로 있을 것이라는 것을 어떻게 장담하지?]

멈칫!

크레이언 올드 세이라는 타이탄의 말에 순간 몸이 굳었다.

그리고 천천히 재중을 쳐다보았다.

"재중, 그대는 분명히 나에게 고향이 무사하다고 말했다. 그렇지 않나?"

마치 취조하는 듯한 크레이언 올드 세이라의 말투였지만 재중은 강하게 고개를 끄덕였다.

"용언을 걸고 내가 떠나는 순간 대륙은 평화로웠습니다, 세라 님."

재중이 용언을 걸고 맹세를 하자 잠시 재중을 살펴보던 크레이언 올드 세이라는 그제야 표정이 풀렸다.

"타이탄, 그대는 지금 엉뚱한 소리를 하고 있군. 여기 이 재중이 내가 있던 고향에서 온 자다. 그가 고향이 멀쩡

하다는 말했으니 당연히 내가 돌아갈 곳은 그대로 있을 것
이다."

크레이언 올드 세이라가 당당하게 큰소리치자,

[크크크크크크크, 순진한 드래곤이셨군.]

오히려 타이탄은 그런 크레이언 올드 세이라를 비웃었다.
그것도 진심으로 말이다.

"타이탄, 이 자리에서 소멸하고 싶은가?!"

자신을 진심으로 비웃는다는 것을 모를 크레이언 올드
세이라가 아니었기에 발끈하면서 마나를 활성화했다.

우르르릉!!

지하 신전이 크게 흔들렸다.

거기다 재중이 진심으로 살기와 함께 뿜어낸 마나의 기
류의 세 배는 가뿐하게 넘어서는 힘이 크레이언 올드 세이
라의 몸에서 뿜어져 나왔다.

'역시… 드래곤의 연륜은… 어쩔 수 없는 것인가.'

재중은 그래도 진심으로 하면 평수는 이룰 수 있을 것
이라고 생각한 판단을 이번 기회에 깨끗하게 접어버렸다.

드래곤은 연륜에 따라 강해진다.

세월과 함께 마나를 먹으면서 강해지는 드래곤이라는
말을 듣긴 했지만, 설마 이 정도로 차이가 극명할 줄은 몰
랐다.

사실 타이탄은 이제 막 부활했기에 어느 정도 재중도 감당할 자신이 있었다.

하지만 진심으로 힘을 개방한 크레이언 올드 세이라는 재중으로서도 어쩔 수 없다는 결론을 내렸다.

살아온 세월이 달랐다.

늙은 생각이 맵다는 속담이 있는데 지금 크레이언 올드 세이라를 보니 딱 맞는 속담인 듯했다.

[그대는 내가 지금 장난하는 것으로 보이나?]

"그럼 장난이 아니면 뭐지? 나를 기만하는 건가?"

잔뜩 날이 선 크레이언올드 세이라는 눈동자가 조금씩 붉어지기 시작했다.

[그대에게 묻겠네. 그대는 차원이동을 할 때 자네가 사라진 시간에 맞춰서 이곳 지구로 넘어왔나?]

재중은 갑자기 자신에게 질문하는 타이탄이 이상했지만 고개를 저었다.

"10년의 시간이 흘렀습니다."

굳이 숨길 것이 없기에 재중이 대답하자,

[세라, 그대가 이곳 지구에서 지내는 시간이 5천 년일 것이다. 그럼 그대가 고향으로 돌아갔을 때 과연 얼마나 시간적 괴리가 있을까?]

한순간 크레이언 올드 세이라의 몸에서 뿜어져 나오던

마나의 기류가 감쪽같이 사라져 버렸다.

"…타이탄… 그대는 지금… 무슨 말을 하는 거지?"

무언가 크레이언 올드 세이라도 깨달은 것이 있는지 천천히 묻자,

[내가 말하지 않았나. 나도 이곳 지구로 돌아오고 싶지 않았다고 말이야.]

"……."

크레이언 올드 세이라는 알고 싶지 않은 것을 알게 된 것 같은 표정을 지으면서 타이탄을 노려보았다.

[현실을 부정하지 마시게. 나 또한 그렇게 부정하다가 이렇게 부활한 것이니 말이야.]

"멸망했나?"

지금 타이탄이 하는 말이 무슨 뜻인지 깨달은 크레이언 올드 세이라가 나직이 물었다.

[내가 본 것은 모든 것을 빨아들이는 어둠뿐이었네. 빛마저도 빨아들이는 악마 같은 어둠 말이야.]

타이탄의 비유를 가만히 듣고 있던 재중은 문득 뇌리에 스치듯 떠오르는 것이 있었다.

"블랙… 홀……."

재중의 입에서 나온 말이 그다지 큰 소리는 아니었다.

하지만 이곳에 있는 이들이 반신급에 도달한 존재이다

보니 모두 똑똑히 들었다.

　[맞네. 내 고향이 죽었더군. 그리고 이곳 지구의 표현을 쓰면 죽은 뒤에 블랙홀이라는 악마가 되었지. 모든 것을 먹어치우는 악마 말이야.]

　블랙홀을 잘 모르는 사람들이 많지만, 질량이 3M⊙(찬드라세카의 한계(Chandrasekhar limit))이 넘는 별은 배타원리에 의한 반발력이 더 이상 중력을 지탱할 수 없기 때문에 계속 수축하게 되어 무한대의 밀도로 붕괴하게 된다. 그렇게 되면 중력이 매우 커져 결국에는 빛조차도 빠져나올 수 없는 시공의 영역이 생기게 된다. 이것이 별의 또 다른 최종 상태인 블랙홀(Black hole)이다.

　즉 블랙홀은 여러 가지 별이 죽은 뒤 남는 흔적 중의 하나였다.

　그리고 타이탄은 그 흔적을 직접 눈으로 본 것이다.

　[나도 그 악마에게 삼켜졌지. 하지만 찰나의 순간 난 내 영혼의 파편을 아직 닫히지 않은 차원의 너머로 날려 보냈지.]

　그제야 이 모든 상황이 이해가 되는 재중이었다.

　"그래서 당신은 라스푸틴을 흑마법사로 만들어서 부활하려고 한 것인가? 수백 명 흑마법사의 피의 대가로 말이야."

　타이탄의 사정은 안타까웠다.

지구에서 관조자로서 역할을 잘 하고 돌아갔더니 자신을 반긴 것은 블랙홀이었으니 말이다.

거기다 자신의 본래 육체도 블랙홀에 빨려들어 흔적도 없이 사라졌을 것이다.

지금 재중의 눈앞에 있는 저 타이탄은 마지막 순간 타이탄이 차원 너머로 날린 영혼의 파편이 만들어낸 육체일 터이다.

하지만 그렇다고 수백 명의 피를 대가로 되살아난다는 것은 말도 안 되는 억지였다.

[후후후훗, 내가 말하지 않았나. 난 이곳을 내 것으로 하려고 되돌아왔다고 말이야.]

"…미친!"

재중은 그제야 타이탄이 처음에 한 말이 무슨 뜻인지 이해가 되었다.

지구를 정복하겠다는 것이 아니었다.

말 그대로 지금 이 지구를 자신이 살던 타이탄 별과 똑같이 만들려고 하는 것이다.

그리고 되살아난 타이탄이 사라진 자신의 별과 똑같이 만들기 위해서는 이곳 지구에서 사라져야 할 것이 있었다.

"지구의 모든 인간을 멸망시킬 셈인가?!"

재중이 뒤늦게 타이탄의 본심을 알아채고 소리치자 타

이탄이 비웃음을 흘렸다.

[후후후후훗, 그대는 아직 어려서 그런지 순진하군.]

"이건 어린 것과 관련이 없는 것이야!!"

촤라라라락!!

재중의 몸이 은색에서 순백의 색에 가깝게 변하기 시작했다.

타이탄의 본심을 알았으니 재중도 전력을 다해야 한다고 결심한 것이다.

[어린 드래곤이여, 그대가 나를 막는 것이 그대의 삶을 위한 것이라면 나 또한 이곳 지구에서 인간을 멸망시키는 것이 내 삶이라네.]

퍼석!

그리고 말이 끝나는 것과 동시에 앉아 있던 타이탄이 처음으로 일어섰다.

무려 10미터는 넘어 보이는 거대한 크기, 마치 신화에 나오는 타이탄이 지금 눈앞에 있는 것일지도 모른다는 생각이 들 만큼 앉아 있던 모습과 일어선 모습이 주는 위압감은 차원이 달랐다.

"젠장!"

반면 상황이 급격하게 돌아가는데도 크레이언 올드 세이라는 입술을 깨물었지만 별다른 행동은 하지 않았다.

아니, 할 수가 없었다.

[그대는 나설 수 없겠지.]

마치 이럴 줄 알았다는 듯 말하는 타이탄의 모습에 크레이언 올드 세이라가 짜증 난 표정으로 강하게 발을 구르자,

쾅!!

단단한 바위 바닥이 끝이 보이지 않을 만큼 깊이 갈라져 버렸다.

"네놈! 내가 관여하는 것을 막기 위해서 인간들의 피로 되살아났구나!!"

영리했다.

아니, 모든 상황을 다 예측하고 부활한 타이탄이었다.

불완전하게 부활한 타이탄이었지만 엄연히 이곳 지구의 것이다.

즉 이계인인 크레이언 올드 세이라가 타이탄을 공격하는 순간, 세계의 균형이 크게 흔들리는 것이다.

"야비한 놈!!"

크레이언 올드 세이라가 진심으로 화가 나서 타이탄을 향해 큰소리쳤다.

[나도 살아야 하지 않겠나. 그대가 살아남기 위해 지구로 왔던 것처럼 말이야.]

"……."

너무나 정곡을 찌르는 말에 크레이언 올드 세이라는 입
을 다물었다.

　"재중, 부탁한다."

　그리고 매정하지만 그대로 돌아서는 크레이언 올드 세
이라였다.

　반면 재중은 그런 크레이언 올드 세이라를 향해 미소를
지었다.

　어차피 그녀가 개입할 수 없다는 것을 재중도 알고 있
었다.

　"제 집은 제가 지킵니다."

　재중이 나직하게 한마디 하고 은빛의 눈동자를 타이탄
을 향해 돌렸다.

　[어린 드래곤이여, 삶은 언제나 지독한 것이라네.]

　"알아, 짜샤!"

　재중의 입에서 더 이상의 존대는 나오지 않았다.

　상대가 적이라면 철저하게 적으로서 대할 뿐이었다.

　그리고 세상 누구도 모르는 전쟁이 시작되었다.

　인류의 종말을 걸고서 말이다.

Chapter 10
힘의 차이

재중귀환록

쾅!!

그랜드캐니언의 커다란 바위산이 부서져 버렸다.

아니, 부서질 수밖에 없었다.

10미터가 넘는 커다란 거인이 하늘에서 떨어졌으니 말이다. 아무리 수억 년의 세월을 버텨왔다지만 타이탄 앞에서는 그저 바위일 뿐이었다.

[어린 드래곤, 그대는 강하군.]

벌써 다섯 시간째 피 터지게 싸우고 있지만 타이탄의 힘은 어떻게 된 것이 시간이 갈수록 점점 강해지고 있었다.

반면 재중의 힘은 점점 줄어들고 있었다.

마치 타이탄의 불완전한 부활이 재중과의 싸움으로 완성이 되어가는 것처럼 말이다.

"그러니까 좀 죽어줘라!! 이 멀대야!!"

번쩍!

쿠쿠쿠쾅!!

허공에서 재중의 외침이 들리는 순간, 타이탄의 목을 향해 은빛의 섬광이 날아와 부딪쳤다.

하지만 이미 몇 시간 전부터 그랬듯 타이탄은 천천히 몸을 일으킬 뿐이었다.

[어린 드래곤이여, 그대도 알고 있지 않나. 이제 그대와 나의 힘은 차이가 극명하다는 것을.]

그랬다.

처음 타이탄과 맞붙었을 때는 거의 비등비등했다.

재중도 그래서 있는 힘껏 힘을 쏟아부었다.

하지만 시간이 지난 지금은 상황이 완전 달라져 버렸다.

지금 재중이 타이탄을 보고 느끼는 힘은 처음과 완전히 달랐다. 크레이언 올드 세이라를 마주하고 있다고 착각할 만큼 힘의 차이가 극명했다.

거기에 웃기지도 않은 사실은 타이탄은 재중을 단 한

번도 공격하지 않았다는 것이다.

다섯 시간이 넘도록 재중의 맹공을 고스란히 몸으로 받으면서도 타이탄은 단 한 번도 재중을 향해 손가락도 뻗은 적이 없었다.

하지만 그런 상황인데도 오히려 재중이 지고 있는 것이다.

"젠장 할, 젠장 할, 이렇게 무력하다니……."

그래서인지 재중은 처음으로 과거 길거리에 내던져진 어린 시절 자신의 모습이 떠오를 만큼 강한 무력감을 느끼기 시작했다.

자신의 모든 능력을 동원해도 상처 하나 입히지 못하는 상대, 마치 커다란 벽을 끝없이 두들기는 것 같은 이 참담함은 말로는 표현할 수가 없을 정도였다.

"빌어먹을!"

거기다 타이탄은 재중의 이 모든 마음의 화를 몸으로 받아주고 있었다.

마치 어린애의 투정을 받아주는 어른처럼 말이다.

"헉헉, 헉헉!"

뺨을 타고 흐르는 땀방울에 재중은 피식 웃어버렸다.

이렇게 땀을 흘려본 것이 언제였는지 지금 흘리는 땀을 보니 떠오른 것이다.

대륙에서 베르벤의 실험에 드래곤의 피를 받아들인 이후로는 땀을 흘린 적이 없다는 것이 떠올랐다.

그러자 왠지 지금 흐르는 땀이 정말 지구로 돌아왔다는 느낌을 다시 주었다.

드래곤이 아닌 무력한 자신을 알고 있는 선우재중 본인으로 말이다.

"크크크크크크크큭, 한심하군. 전혀 강해지지 않았잖아, 나는."

그랬다.

재중은 전혀 강해지지 않았다.

드래곤의 피로 인해 강한 힘을 얻었을 뿐, 드래곤보다 강한 존재 앞에서는 너무나 무력한 그저 재중일 뿐이었다.

영혼의 파편으로 부활한 반쪽짜리보다 못한 타이탄을 상대로 그 어떤 타격도 주지 못하고 있는 자신이 이렇게 바보 같고 초라해 보일 수가 없었다.

재중이 갑자기 미친 듯이 퍼붓는 공격을 멈추고 허공에서 크게 웃기 시작했다.

그런데 웃음이 터지는 순간, 갑자기 재중의 몸에서 나노 오리하르콘의 상징이던 은색이 사라져 버렸다.

마치 누군가가 지워 버린 것처럼 말이다.

그리고 그런 재중의 변화를 눈으로 지켜본 타이탄의 눈빛이 마치 이때를 기다린 야수와 같이 날카롭게 변했다.

씨익~

그러고는 입가에 미소와 함께 그동안 묵묵히 재중의 공격을 받기만 하던 타이탄이 손을 뻗었다.

덥석!

꼭 무언가를 잡으려고 뻗은 손은 아닌 듯 대충 커다란 바위 하나를 쥐고서 힘껏 재중을 향해 던지는 것이다.

지금까지 다섯 시간이 넘도록 손가락 하나 까딱하지 않던 타이탄의 행동이라고는 생각지도 못한 반전이었다.

부우우우웅!!

성인 남자 여럿은 가볍게 부숴 버릴 만큼 커다란 바위가 허공을 자르듯 날카롭게 날아서 재중의 몸에 부딪치려는 순간이었다.

재중과 바위 사이에서 검은 그림자가 튀어나왔다.

쾅!!

그리고 바위는 검은 그림자의 창 한 자루에 허무하게 부서져 버렸다.

끼리릭!

흑색의 철갑옷을 입은 흑기병이 자신의 무기이자 애병인 창을 천천히 거두어들이면서 재중을 지키듯 허공에 멈쳐 섰다.

그런데 그러거나 말거나 타이탄은 계속 주변의 바위를 집어서 재중을 향해 던지기 시작했다.

마치 지금까지 얻어맞은 것을 복수라도 하려는 듯 말이다.

쾅쾅쾅쾅쾅쾅쾅!!

하지만 흑기병이 재중의 앞에 버티고 선 이상, 재중의 몸에 직접적으로 닿는 바위는 단 하나도 없었다.

파편이 살짝 재중의 머리카락과 옷깃을 스치긴 했지만 이미 허공에 눈을 감고 움직임조차도 없는 상태였기에 파편 정도에는 미동조차 하지 않았다.

—앱솔루트 배리어!!

재중의 상태가 뭔가 이상하다는 것을 느꼈는지 흑기병이 튀어나오고 뒤이어 테라도 재중의 몸에 절대 방어 마법을 걸면서 모습을 드러냈다.

그런데 어째 재중을 본 테라의 표정이 심각하게 굳어지기 시작했다.

—깡통! 마나 폭주야!

테라가 드래곤의 마도서답게 재중의 현재 상태를 한눈에 알아보고 소리쳤다.

—알고 있다.

하지만 흑기병은 조용히 대답할 뿐 별다른 대꾸가 없었
다.

테라가 재중의 곁에 모습을 드러내자 갑자기 흑기병의
몸이 땅으로 떨어지기 시작했다.

―뒤를 부탁한다.

짧은 한마디를 남긴 채 말이다.

슈유유유유융!!

쾅!!

[후후훗, 드래곤의 종자가 나설 정도로 약해져 버렸나?]

흑기병이 몸의 체중을 실어서 하늘에서 떨어진 공격을
가볍게 한 손으로 튕겨낸 타이탄이 흑기병을 보면서 비아
냥거렸다.

그러나 상대는 흑기병이었다.

철컥!

지구에 와서는 거의 사용한 적이 없는 자신의 기병창을
꺼내 들자 검은색 기류가 흑기병의 몸을 휘감기 시작했
다.

[후후훗, 주인조차도 나를 상처 입히지 못했거늘, 겨우
종자가 나를 상대로 이빨을 드러내다니. 크크크크큭.]

영혼의 파편이라고 하지만 한때 지구의 관리자이던 타
이탄, 그리고 반신의 존재인 타이탄이었다.

당연히 재중의 가디언에 불과한 흑기병이 타이탄을 상대로 어떻게 한다는 것은 말도 안 되는 상황이었다.

그렇지만 흑기병으로서는 당연히 할 수밖에 없는 행동이었다.

—가디언은 마스터를 지키기 위해 존재할 뿐.

타이탄을 향해 짤막하게 한마디만 한 흑기병의 몸이 잠시 웅크리듯 내려갔다.

꽝!!

그리고 지면을 박차는 힘이 얼마나 강한지 발을 디딘 땅이 부서져 뒤로 튀어나가 버렸다.

강한 힘만큼 흑기병의 몸이 한 줄기 흑색의 빛과 같이 그대로 타이탄을 향해 날아갔다.

텅!!

콰쾅! 쾅쾅!!

그런데 그런 흑기병의 공격은 타이탄이 강하게 팔을 한 번 휘두르는 것만으로 끝나 버렸다.

오히려 옆으로 튕겨져 날려가 버렸다.

끼리릭, 끼릭!

압도적인 무력, 절대적으로 불리한 힘의 차이, 무엇보다 드래곤이 만든 흑기병과 달리 타이탄은 신이 만든 존재였다.

존재 자체가 완전 달랐다.

하지만 흑기병은 계속 달려들었다.

쾅쾅!!

쿠쿵, 쿵!

튕기고 잡혀서 짓이겨지기 직전, 겨우 탈출하는 위험한 고비도 넘기면서 말이다.

한편 흑기병을 동네 파리 쳐내듯 가볍게 쳐내면서 상대하는 타이탄을 위에서 바라보고 있는 테라는 입술에 피가 배일 만큼 강하게 깨물었다.

─빌어먹을, 신의 섭리대로 별이 사라졌으면 그냥 죽을 것이지 얼마나 더 살겠다고 여기서 깽판질이야!!

테라도 타이탄의 살고자 하는 욕심은 이해했다.

모든 살아가는 존재는 스스로 살아남기 위해 수단과 방법을 가리지 않는 것이 당연한 법칙이다.

하지만 어째서 그곳이 지구인지, 그리고 왜 자신의 마스터인 재중을 이 지경까지 몰아붙이면서 지구를 삼키려고 하는지 그게 짜증 나는 테라였다.

─젠장, 마나 폭주는… 나도 답이 없는데…….

드래곤에게 마나 폭주라니, 지나가던 오크가 비웃을 일일지도 모른다.

왜냐하면 드래곤은 태어나면서부터 마나를 먹고, 마나

를 움직이고, 마나를 볼 수 있는 허락을 받은 유일한 존재이기 때문이다.

거기다 드래곤은 죽으면 시체가 남지 않는다.

죽는 순간 태초에 드래곤이 태어난 곳인 마나의 품으로 돌아가 버리기 때문이다.

하지만 재중은 상황이 완전히 다른 케이스였다.

인공적으로 드래곤의 피에 적응해서 성룡이 된 유일한 퓨전 드래곤이었다.

인간이 드래곤의 피에 적응했다는 것도 대륙 역사상 처음이고, 드래곤의 역사에도 없던 일이다.

하지만 만들어진 드래곤이기에 약점도 분명히 존재했다.

―하필이면… 이럴 때… 마나 폭주라니…….

재중은 드래곤이지만 마법을 사용할 수 없는, 따지고 보면 반쪽짜리 드래곤인 셈이다.

브레스를 쓰지 못하는 것도 어쩌면 그 때문일지도 몰랐다.

드래곤에게 드래곤으로 인정은 받았을지 모르지만 100% 순수 혈통의 드래곤은 아닌 것이다.

그리고 지금 반신급인 타이탄과의 싸움에서 결국 테라가 염려하던 일이 벌어지고야 말았다.

그냥 이대로 지구에 산다면 재중은 절대로 마나 폭주를 겪을 일이 없었기에 테라는 불안한 가능성만 생각했을 뿐이다.

그런데 그렇게 크게 걱정하지 않던 것이 이제 와서 발동해 버렸다.

재중이 마나 폭주와 함께 본능적으로 자신을 보호하기 위해 모든 마나를 강제로 동결시키고 의식 또한 잠들어 버린 것이다.

갑작스런 상황인 것은 분명했다.

테라가 굳이 타이탄에게 짜증을 부리고 죽일 듯 노려보는 것은 타이탄이 재중의 이런 상황을 모두 유도했다는 것을 깨달았기 때문이다.

─라스푸틴을 조종해서 그렇게 은밀하게 계획을 꾸민 녀석이 아무 생각 없이 몇 시간 동안 맞아줬을 리가 없잖아, 이 바보야. 왜 그걸 미리 마스터에게 말하지 못한 거야.

언뜻 보기에는 재중의 지금 상황이 뜬금없어 보일지도 몰랐다.

그래도 명색이 퓨전 드래곤이지만 드래곤인데 스스로가 마나 폭주에 걸릴 때까지 몰랐다는 것도 이상했다.

하지만 재중은 마나 폭주에 걸릴 수밖에 없었다.

아무것도 모른 상태로 과거로 돌아가 다시 타이탄과 싸운다고 해도 결국 마나 폭주에 걸릴 수밖에 없도록 타이탄이 유도했으니 말이다.

─교묘하게 튕겨내는 힘을 조금씩 흡수하면서 마스터가 공격하는 힘이 늘어나도록 유도하다니… 드래곤 이상이야.

타이탄에게 집중하고 있던 재중은 몰랐지만 테라는 재중의 상태가 이상하게 변하면서 마나가 급격하게 줄어들자 기다렸다는 듯 공격하는 타이탄의 모습에서 의도된 기다림이었다는 것을 눈치챘다.

타이탄은 처음 재중의 공격을 100% 튕겨냈다.

하지만 두 번째 공격은 99%만 튕겨냈다.

1%는 타이탄이 스스로 흡수했다.

그리고 다음에는 98.5%만 튕겨내고 1.5%는 스스로 흡수하면서 눈치채지 못할 만큼 조금씩 늘려가는 패턴을 반복했다.

이렇게 아주 작은 충격을 흡수하는 것이지만, 그것이 계속 이어지면 재중은 자신도 모르게 점점 더 강한 공격을 하게 된다.

타이탄에게서 튕겨 나오는 자신의 공격이 약해지고 있다는 것을 깨닫지 못하고 조금만 더 하면 공격이 먹혀들 것 같다는 착각을 일으키면서 말이다.

물론 타이탄의 이런 무식하면서도 단순한 덫은 한 가지 조건이 필요했다.

몇 시간, 혹은 재중의 상황에 따라 며칠이라도 재중의 공격을 고스란히 받아야 한다는 조건이다.

하지만 수백 명의 흑마법사의 피로 되살아난 타이탄은 시간이 지날수록 부활이 완벽해지면서 유리할 수밖에 없었다.

오히려 지금까지 재중의 공격을 받기만 한 것도 모두 자신의 부활을 완벽하게 하기 위한 준비 과정인 셈이다.

그러나 타이탄이 더욱 무서운 것은 자신의 불리한 시간까지도 이용했다는 것이다.

타이탄은 처음부터 인간의 피를 이용해 부활함으로써 크레이언 올드 세이라가 개입할 수 없는 조건을 만들어놓았다.

그다음 재중이 만들어진 드래곤이라는 것까지도 파악한 뒤 재중이 자멸하도록 이용한 것이다.

물론 이 모든 것은 라스푸틴이 쟁롯을 신승주의 집에 가져다놓는 것으로부터 시작되었다는 것은 두말할 것도 없었다.

─소름 끼치게… 교활해.

테라도 지금 상황을 모두 타이탄이 의도했다는 것을 깨닫고 나서는 정말 온몸에 소름이 돋았다.

이건 테라도 본 적이 없는 교활함이었다.

아니, 악마의 지혜라고 해도 믿을 정도였다.

하지만 달리 생각할 수도 있다.

타이탄이 자신의 차원으로 돌아가자마자 블랙홀이 되어버린 고향에서 영혼의 파편이 날아와 지구에 머물렀다면 말 그대로 거의 5천년 가까이 지구에 머물렀다는 뜻이다.

그동안 아마 실패도 많이 했을지도 몰랐다.

그렇게 수정하고 또 수정한 계획의 완성형이 바로 지금일 테니 말이다.

—깡통이 버틸 수 있는 시간도 길어봐야 몇 분이야.

테라는 냉정하게 지금 흑기병과 타이탄의 전력을 분석했다.

그 결과 흑기병이 지금처럼 타이탄의 발목을 잡고 있는 것은 길어야 몇 분일 것이라 판단했다.

그것도 타이탄이 흑기병을 상대로 놀아주고 있으니 그 정도였다.

정말 마음만 먹는다면 흑기병은 벌써 고철 아만티움이 되어서 뒹굴고 있을 터이다.

―…이대로는 끝인데…….

상대는 영혼의 파편이라고 하지만 수백 명의 피로 부활한 반신이다.

기본 능력 레벨이 차원이 다른 것이다.

동물에 비유하면 아무리 늙고 몸이 불편하다고 해도 호랑이를 상대로 여우가 이길 수는 없었다.

그 정도로 무력의 차이는 절대적이었다.

―별수 없나.

테라는 사실 이런 상황이 오지 않기를 바랐다.

아니, 생각하지 않았다는 것이 더욱 정확할 것이다.

왜냐하면 지금 강제로 의식이 잠겨 버린 재중을 다시 깨우는 방법은 단 한 가지뿐이었으니 말이다.

―드래곤의 의식을 깨우면… 다시는 인간으로서의 의식을 회복하지 못할 수도 있는데…….

그랬다.

지금 잠겨 버린 의식은 재중의 인간의 의식이었다.

그러니 지금처럼 완전히 무방비 상태의 재중을 깨우기 위해서는 또 다른 의식을 건드리는 수밖에 없었다.

평소에는 재중이 인간으로서의 사념이 강해서 드래곤의 의지를 잘 봉인해 왔다.

그러나 그것도 인간의 의식이 멀쩡할 때나 가능한 일이

었다.

호시탐탐 재중의 몸을 차지할 기회를 노리고 있을 드래곤의 의식을 테라가 깨운다면 지금까지와 전혀 다른 재중이 될 것이다.

그리고 다시는 인간의 마음을 가진 재중을 보지 못할 가능성이 높았다.

재중을 살리자니 과거의 재중을 죽이는 일이다.

그렇다고 이대로 있자니 흑기병을 처리한 타이탄의 다음 목표는 보나마나 의식이 잠겨서 무방비로 있는 재중일 것은 뻔했다.

—아, 미치겠네. 어떻게 해야 하는 거야.

테라가 좋아하는 것은 인간의 마음을 가진 재중이었다.

그렇기에 스스로 가디언이 되겠다고 자처한 것이기도 했다.

그런데 지금 테라는 재중을 살리기 위해서 자신이 좋아하고 사랑하던 재중을 죽여야만 하는 것이다.

—테라.

—왜, 깡통?

타이탄에 맞아서 날려가는 와중에 흑기병의 목소리가 들리자 테라는 신경질적으로 대답했다.

─우리의 존재 의미를 잊지 마라. 마스터를 지키는 것, 그것이 우리의 존재 이유다

─알아, 이 깡통아! 누가 그걸 몰라서 이러냐고! 아, 미치겠네.

괜히 흑기병한테 신경질을 냈지만, 테라의 선택은 어쩌면 이미 정해져 있는지도 몰랐다.

테라와 흑기병 둘 다 이미 자신들의 존재 이유가 너무나 뚜렷했으니 말이다.

다만 테라는 자신이 사랑하던 인간의 마음을 가진 재중을 스스로 영원히 봉인해 버릴지도 모른다는 두려움 때문에 주저하고 있을 뿐이었다.

콰앙!!

콰지직!!

테라가 마음의 갈등으로 주저하고 있는 사이, 결국 흑기병의 몸이 타이탄의 손에 잡혀서 말라비틀어진 오징어처럼 찌그러진 채 허공을 날아 흙바닥에 내동댕이쳐지고야 말았다.

─아, 마스터, 사랑했어요. 정말!

시간을 끌어주던 흑기병이 결국 타이탄의 손에 다시 일어서지 못할 만큼 타격을 입자 테라는 결국 재중의 몸에 봉인되어 있는 드래곤의 의식을 건드리기로 했다.

─우선 마스터를 살리고 나서 생각하자!

어차피 죽고 나면 이런 고민 따위는 사치였다.

그나마 흑기병이 버텨주고 있었으니 그런 사치를 부릴수 있었지만 그나마도 이제 끝나 버렸다.

덥석!

다짜고짜 재중의 가슴으로 양손을 가져간 테라는 이미 준비하고 있던 것처럼 강하게 외쳤다.

─마나 역류!

펑!!

─크윽!

테라가 본능적으로 스스로를 보호하기 위해 강제로 고정시켜 놓은 재중의 마나를 억지로 흔들어 버렸다.

그러자 마치 막혀 있던 댐이 터지듯 재중의 몸에서 엄청난 마나의 파동이 하늘을 뒤덮을 정도로 강하게 울렸다.

얼마나 강한지 테라가 몇 미터나 뒤로 밀려났을 정도로 말이다.

화르르륵!!

강력한 마나의 파동이 끝난 뒤 마나의 불꽃이 강하게 타오르면서 재중의 몸이 은색으로 변하기 시작했다.

촤라라라라락!!

지금까지의 재중이라면 나노 오리하르콘으로 몸을 보호하는 오리하르콘 스킨을 만드는 것으로 끝났을 것이다.

하지만 이번에는 마나의 파동부터 이미 심상치 않았다.

Chapter 11
깨어난 드래곤

재중귀환록

—붉게… 변하고 있어.

은색의 광채를 뿜어내던 나노 오리하르콘 스킨이 점점 붉어지는 모습을 본 테라는 입술을 다시 강하게 깨물었다.

자신이 의도한 대로 성공은 했지만 결코 원해서 한 선택은 아니었다.

천천히, 아주 천천히 붉어지던 재중의 몸이 결국 핏빛보다 붉게 변하고 나서야 마나의 불꽃이 멈추었다.

그리고 재중의 몸에서 뿜어져 나오던 마나의 파동도 거

짓말처럼 사라졌다.

"결국 깨어날 것을……."

다시 깨어난 붉은빛의 재중은 눈동자까지 붉어진 전혀 다른 존재가 되어 있었다.

빠드득.

주먹을 쥐었다 펴고 나서 마치 기지개를 켜듯 하늘을 향해 양손을 뻗었다가 내린 재중이 혼자만의 웃음을 짓는 듯 피식 웃기 시작했다.

"크크크크크, 그래, 이런 자유를 원했어."

─마… 스터…….

테라가 조용히 재중에게 다가가 불렀다.

"테라, 나를 깨운 것을 생각해서 그동안의 무례는 용서하마. 이번 한 번뿐이겠지만."

─네…….

테라는 재중의 차가운 말투, 그리고 자기 자신 위주로만 생각하는 이기적인 성격을 느끼고는 눈을 질끈 감았다.

의도는 했지만 역시나 재중의 몸 안에 강제로 묶여 있던 드래곤의 의식이 완전히 깨어나 버린 것이다.

"저딴 영혼 파편 찌꺼기 따위에게 고전하다니, 이래서 인간은 안 된다니까."

완전히 달라져 버렸다.

말투뿐만이 아니라 재중의 몸에서 뿜어져 나오는 위압감이 테라가 알던 예전의 재중과는 판이하게 달라져 있다.

그것도 엄청난 무게로 짓누르는 위압감으로 말이다.

"멍청한 인간, 마나 친화력을 바탕으로 만든 마나 제어술을 겨우 중력을 조절하는 수준으로 쓰다니."

의식은 인간일 때의 재중이 아닌 드래곤의 의식이지만 묶여 있었을 뿐 모든 것은 다 공유하고 있었고, 지금 붉은 핏빛의 재중도 재중이었으니 재중의 모든 것을 다 알고 있었다.

다만 인간의 의식을 가진 재중은 억누르고 제어하는 것이 강해서 마나를 이용한 중력 제어에 만족했다는 것이 다를 뿐이었다.

[음, 그것이 본래의 모습인가, 어린 드래곤이여?]

타이탄은 마나 폭주로 스스로 묶여 있던 재중이 멀쩡히 되살아난 것에 못내 아쉬워했지만 크게 신경 쓰지는 않는 듯했다.

누가 뭐래도 상대는 아직 어린 드래곤, 자신은 수만 년을 살아온 타이탄이었다.

거기다 인간의 피로 부활할 때의 약점인 완성의 시간도

이미 흑기병을 상대로 할 때 끝난 상태였다.

그저 자신의 완성된 몸을 시험해 보고자 흑기병을 상대로 놀면서 테스트를 끝낸 것이다.

본래 자신의 육체에 80% 근접하게 부활이 된 이상 두려울 것이 없는 타이탄이었다.

히죽~

그런데 붉은 재중은 그런 타이탄의 말에 오히려 비웃는 듯 입꼬리를 올렸다.

쾅!!

[……!!]

갑자기 타이탄의 몸이 휘청거렸다.

무엇이 공격을 했는지, 어떤 것이 자신을 때렸는지도 알지 못한 타이탄의 눈빛이 처음으로 흔들리기 시작했다.

그런 타이탄을 마주한 재중의 눈빛은 웃고 있었다.

[드래곤… 네놈은 누구냐?!]

타이탄은 방금의 일격에서 느껴지는 위력이 조금 전까지 상대하던 재중과는 급이 다르다는 것을 느끼고 강하게 외쳤다.

"나는 나, 선우재중이지."

여전히 비꼬는 듯 입꼬리를 히죽거리면서 손가락을 몇 번 돌리다가 타이탄을 향했다.

펑!!

또다시 보이지 않는 힘이 타이탄의 몸에 작렬했다.

이번에는 얼마나 센지 눈에 보이는 공간이 잠시 울렁거리면서 흔들렸다.

[네놈, 진정한 힘을 숨기고 있었구나!]

타이탄은 자신의 계획대로 착착 진행되고 있던 것이 마지막에 이상하게 어긋나자 화가 난 듯 소리쳤다.

하지만 붉은 재중은 그런 것은 관심 없다는 표정으로 이번에는 양 손가락을 장난치듯 빙빙 돌렸다.

[흡!!]

당연히 공격이 있을 것이라 생각한 타이탄이 양팔을 교차하면서 가드했다.

그러나 그런 타이탄의 생각을 비웃는 듯 이번에는 타이탄의 뒤에서 폭발음이 들리면서 휘청거렸다.

[건방진!!]

순식간에 역전이 되어버린 상황, 거기다 다시 깨어난 붉은 재중은 듣도 보도 못한 공격까지 해오는 상황이었다.

결국 타이탄은 다시 한 번 버티면서 재중이 마나 폭주를 일으켜 무방비가 되기를 기다리기로 한 것을 포기했다.

급이 다른 것이 마치 크레이언 올드 세이라가 재중의

뒤에 숨어서 몰래 공격했다고 생각할 만큼 충격이 컸다.

쿵!

[크윽!!]

재중을 향해 움직이려고 타이탄의 발이 움직이는 순간 그대로 멈춰 버렸다.

아니, 강제로 멈춰 서야만 했다.

"아직 난 움직이는 것을 허락하지 않았는데?"

말이 끝나는 것과 동시에 재중이 양손을 강하게 움켜쥐자 갑자기 타이탄의 주변으로 푸른색 안개가 생기기 시작했다.

그런데 재중의 손짓에 변화가 생긴 것은 그것뿐만이 아니었다.

돌연 타이탄의 머리 위로 시커먼 공간이 생겨난 것이다.

[뭐, 뭐냐, 이건?!]

시커먼 공간, 그리고 그 시커먼 공간에 보이는 것은 어둠뿐이었다.

하지만 타이탄은 그 시커먼 공간 속의 어둠을 보는 순간 겁에 질려 버렸다.

[아니야! 이건 아니야! 난 빠져나왔단 말이야!!]

타이탄은 갑자기 시커먼 공간 속의 어둠을 보고 도망치

려는 듯 발버둥 쳤다.

그러나 어찌 된 일인지 타이탄의 몸은 조금씩 시커먼 공간 속으로 끌려들어 갔다.

[아니야!! 이 어둠이 다시 나타날 리가 없어!!]

방금 전까지 너무나 당당하던 타이탄의 모습은 온데간데없이 사라지고 없었다.

다만 그곳에 있는 것은 겁에 질린, 그리고 시커먼 공간으로부터 어떻게든 도망치려고 하는 덩치 큰 거인만 있을 뿐이었다.

씨익~

하지만 붉은 재중은 겁에 질린 타이탄을 보고서 오히려 환하게 미소를 지었다.

마치 어린아이가 재미난 장난감을 보고 좋아하듯 순진한 웃음을 말이다.

"중력이란 건… 이렇게 쓰는 거야."

짝!

마치 지금은 잠들어 있는 또 다른 재중에게 말하듯 가볍게 한마디 하고서 강하게 손뼉을 치자,

쑤우우욱!!

타이탄의 머리 위에 있던 시커먼 공간이 타이탄을 삼켜 버렸다.

마치 이곳에 타이탄의 존재란 처음부터 없던 것처럼 너무나 깨끗하게 삼켜 버리고서 재중이 손을 가볍게 털자,

스르륵…….

저절로 사라져 버렸다.

—마… 스터, 설마… 방금 그것…….

테라는 그저 드래곤의 인격이 깨어난 재중의 급이 다른 위력에 너무 놀라 멍하니 쳐다보고 있다가 방금 타이탄을 삼켜 버린 시커먼 공간을 보고는 온몸에 소름이 돋아버렸다.

붉은 재중이 만든 그 시커먼 공간이 무엇인지 사라지고 나서야 깨달은 것이다.

"맞아, 소형 블랙홀이야."

—어, 어떻게… 블랙홀을… 제어하시는 거예요?

붉은 재중의 너무나 황당하고 어이없는 힘에 테라는 그동안 자신이 알고 있던 인간 인격의 재중이 얼마나 터무니없이 약했던 것인지 새삼 깨달을 수 있었다.

재중이 마나를 조종해서 중력을 다룬다는 것은 이미 대륙에서부터 테라도 알고 있었기에 새삼스러울 것도 없었다.

하지만 크기가 작다고 해도 블랙홀이다.

이건 자칫 제어에 실패하면 재중이 지키려고 하던 지구

가 우주의 먼지가 되어버릴 수도 있을 만큼 위험한 힘이다.

테라는 그저 입을 벌린 채 재중을 쳐다보기만 했다.

반면 재중은 별것 아니라는 듯 너무나 쉽게 테라의 질문에 대답했다.

"마나로 중력을 특정 지점에 끝없이 압축하다 보면 크기는 작지만 블랙홀이 생겨. 물론 내가 중력 제어를 끊어 버리면 곧바로 사라지는 미완성 블랙홀이지만 말이야."

―…….

마치 수능 만점자가 '교과서로 공부했어요' 라고 하는 것과 같은 말을 하는 재중이다.

"아, 처음으로 느껴보는 자유인데, 뭐 재미난 거 없나?"

스팟!

―마, 마스터!!

순식간이었다.

갑자기 하늘을 보면서 장난꾸러기 같은 표정을 짓던 재중이 공간이동으로 사라져 버린 것이다.

그런데 더욱 황당한 것은 영혼으로 연결되어 있을 터인 테라가 재중의 행방을 찾을 수가 없다는 것이다.

―…여우를 피하려다… 호랑이 굴로 들어간 격이다!

테라는 방금 블랙홀을 마음대로 만들 수 있는 재중의

힘에 갑자기 피가 식는 느낌이 들었다.

거기다 타이탄은 그나마 인간을 멸망시키려고 했지만, 지구 자체에는 애착이 많은 편이었다.

하지만 재중은 사정이 완전히 달랐다.

인간의 인격을 가진 재중이라면 연아를 위해서 무조건 자신의 힘을 억눌렀을 것이다.

하지만 드래곤의 인격을 가진 재중은 지구와 아무런 인연도, 감정도 없었다.

아니, 오히려 그동안 재중에게 억눌려 있던 스트레스를 풀겠다고 세계 곳곳에 블랙홀이라도 만들면서 장난이라도 친다면 이건 재앙 수준이 아니라 지구 대멸종이라는 최악의 상황이 벌어질 수도 있었다.

―야, 깡통! 언제까지 찌그러져 있을 거야?!

테라로서는 자신이 가진 모든 방법을 동원해도 도저히 사라진 붉은 재중을 찾을 길이 없었다.

그리고 결국 테라는 구석에 찌그러져서 죽은 듯 있는 흑기병을 향해 소리쳤다.

우드득, 우득우득, 찌드득!

그러자 거의 엉망이 되어 아만티움 고철로 보이던 흑기병의 몸이 저절로 복구되기 시작했다.

그것도 아주 빠른 속도로 말이다.

불과 1분여가량 지났을까? 본래의 모습으로 돌아온 흑기병이 성큼성큼 걸어서 테라에게 다가왔다.

　─난리 났다. 이러다가는 마스터의 손으로 이 지구를 끝장낼 수도 있겠어.

　테라는 다급히 흑기병에게 말했지만, 어째서인지 흑기병은 반응이 없었다.

　─야, 깡통! 너 내 말 못 들었어? 드래곤의 인격을 가진 마스터라면 지구뿐만 아니라 작은 마스터까지도 어떻게 할지 모른단 말이야! 얼른 찾아봐, 마스터 어디 계신지!

　금방이라도 숨이 넘어갈 듯한 테라와 달리 흑기병은 묵묵히 테라의 말을 듣고 있더니 겨우 입을 열었다.

　─왜 우리가 마스터를 막아야 하지?

　─응? 그게 무슨 말이야?

　갑자기 엉뚱한 소리를 하는 흑기병의 말에 테라가 짜증 난 얼굴로 되물었다.

　─가디언인 우리가 왜 마스터의 행동을 막아야 하느냐고 물었다.

　─…….

　순간 테라는 흑기병의 말에 할 말을 잃어버렸다.

　지극히 옳은 말을 하고 있었으니 말이다.

　하지만 테라는 그런 말을 하는 흑기병을 향해 투구를

쓰고 있다는 것을 알면서도 강하게 후려쳤다.

캉!

역시나 쇳소리가 났지만 어차피 테라가 원한 것은 소리가 아니라 자신의 마음의 표현이었으니 별 상관은 없었다.

이어 테라의 눈에서 이글거리는 불꽃이 피어올랐다.

─깡통, 잘 들어. 내가 충성을 맹세한 것은 인간의 인격을 가진 마스터야. 드래곤의 인격을 가진 마스터가 아니란 말이야!

답답한 소리를 하는 흑기병에게 테라가 신경질적으로 소리쳤지만 흑기병은 요지부동이었다.

─결국 마스터는 마스터일 뿐이다.

─아씨!! 이 답답아, 넌 빠져!

결국 앞뒤를 용접으로 막아버린 듯 말이 통하지 않는 흑기병에게서 등을 돌린 테라가 재중을 찾아 움직이려는 순간,

캉!!

─너! 지금 나를 찌르려고 했지?!

갑작스런 살기에 실드를 펴면서 몸을 빠르게 회전해 가까스로 피했으니 망정이지 하마터면 테라의 머리는 이 세상에서 사라질 뻔했다.

그리고 황당하게도 테라를 공격한 것은 바로 흑기병이
었다.

─마스터를 막는 자, 방해하는 자는 모두 제거한다는 것
을 잊었나? 그것이 우리 가디언의 존재 이유인 것을?

─이 깡통 새끼!! 결국 니가 나를 열 받게 하는구나!!

테라도 정말 화가 머리끝까지 치밀어 올랐는지 저절로
드래곤의 마도서가 허공에 떠오르더니 책장이 넘어가기
시작했다.

─내 앞을 가로막는 모든 것을 벌하라! 그것이 악마일
지라도 용서치 않으리라! 하늘의 천벌! 라이트닝 헬!!

쫘쫘쫘꽝!!

마늘 하늘에 날벼락이 정확한 표현일 것이다.

갑자기 구름 한 점 없는 그랜드캐니언에 번개가 내리꽂
혔다.

말 그대로 하늘에서 마치 창을 꽂아버리듯 번개가 흑기
병의 몸을 향해 직격하는 듯했다.

재중이 중간에 나타나지 않았다면 말이다.

"싸우지 마라! 시끄러워서 되돌아왔잖아!"

무려 9서클의 마법으로 드래곤도 직격으로 맞으면 상당
한 충격을 주는 라이트닝 헬이다.

그런데 재중은 가볍게 손가락을 튕기는 것으로 중력장

을 만들더니 중력장을 렌즈처럼 만들어 그 힘으로 번개의
방향을 꺾어버렸다.

마치 빛이 물속에서 굴절되어 들어가듯 말이다.

지금껏 드래곤이면서도 마법을 사용하지 못하는 것을
재중의 약점으로 여겼었다.

하지만 사실상 이 정도 수준으로 마나를 이용해 중력을
다루는 이상 의미가 없는 셈이었다.

재중이 물끄러미 테라를 쳐다보자 재중의 시선을 피하
지 않는 테라였다.

"넌 지금 내가 마음에 들지 않지?"

겉모습은 재중이지만 사실은 진짜 재중이 아니었다.

테라에게는 말이다.

어떤 존재가 다른 존재를 인식하고 기억하는 것은 겉모
습일지도 모른다.

하나 그 존재를 인정하고 기억하는 것은 겉모습이 아니
라 내면이다.

─네.

재중의 질문에 테라가 면전에서 똑 부러지게 대답하자,

"그럼 가디언의 계약 해지해 줄게."

마치 있어도 그만, 없어도 그만이라는 듯 재중은 테라의
존재를 너무나 가볍게 버린다는 식으로 말했다.

—…해지해 주세요.

그런데 테라도 재중의 말에 잠깐 쳐다보았을 뿐, 별다른 고민 없는 표정으로 고개를 끄덕였다.

마치 이렇게 될 것을 알고 있었다는 듯 말이다.

"어차피 넌 계속 내 옆에 있어봐야 방해만 할 테니까 차라리 계약 해지하는 게 나도 편해."

드래곤의 의식을 가진 재중은 처음부터 테라가 자신을 싫어한다는 것을 알고 있었다.

영혼으로 연결되어 있는 가디언이기에 속마음은 읽지 못하지만 최소한 좋아하는지 싫어하는지 정도는 알 수 있었다.

그런데 그냥 싫어하는 것이 아니었다.

흑기병과 테라가 서로 대치하는 모습을 보면 완전히 갈라선 것으로 판단할 수 있었다.

결국 재중은 되돌아온 김에 앞으로도 계속 옆에서 귀찮게 할 테라를 아예 깨끗하게 정리하려 한 것이다.

"영혼의 계약은 지금부터 시간의 고리를 벗어나 자유로운 마나의 품으로 돌아갈지어다."

재중이 테라를 향해 손을 펼치면서 영혼의 계약을 해지하는 용언을 중얼거리자,

스팟!

아주 짧게 테라의 몸에 하얀빛이 어리는 듯하다가 사라
졌다.

"이제 너와 난 남남이지?"

─네.

"그럼 이제 죽어라."

─……!!

쾅!!

갑작스런 재중의 공격에 테라는 거의 본능적으로 공간
이동을 시전, 한 끗 차이로 재중의 공격에서 벗어날 수가
있었다.

─마스터! 어째서 저를 공격하는 거예요?!

설마 영혼의 계약을 해지하자마자 자신을 공격할 줄은
예상치 못했기에 엄청난 충격으로 다가왔다.

하지만 현재 재중이 자신이 알던 재중이 아니기에 테라
는 빠르게 무너지는 멘탈을 부여잡으면서 소리쳤다.

"어차피 넌 계속 나를 방해할 테니까."

─…….

"그리고 넌 아마 지금 잠들어 있는 본래의 인간적인 의
식을 깨우기 위해서 노력할 테지?"

─…….

마치 자신의 생각을 들여다본 것처럼 말하는 재중의 모

습에 테라는 입을 다물어 버렸다.

"난 지금이 좋아. 겨우 해방되었는데 다시 심연의 바닥
으로 돌아갈 것 같아? 어림도 없는 소리지."

─치잇!

보기에는 재중과 비슷해 보이지만 성격은 완전 반대였
다.

아니, 완전 새로운 인격이라고 해도 틀리지 않았다.

자신에게 거슬린다고 판단되면 가차 없이 손을 쓰는 재
중의 모습에 테라는 이를 깨물었다.

─역시… 깨워서는 안 되는 존재를 깨웠어.

선택의 여유가 없기는 했지만, 타이탄을 상대로 재중을
지키기 위해선 차라리 자신이 싸우는 것이 옳은 판단이었
을 것 같다는 생각이 들었다.

결국 테라는 드래곤의 마도서를 꺼내 들었다.

"후훗, 이제야 진심으로 나오는군."

한편 드래곤의 마도서를 꺼내는 테라를 본 재중도 마치
재미난 장난감을 만난 듯 입맛을 다시면서 마나를 활성화
시키는 스위치를 켰다.

쫘쾅!!

마치 보이지 않는 폭탄이 터진 듯 재중의 몸에서 뿜어
져 나오는 마나의 회오리에 순식간에 주변 지형이 바뀌어

버렸다.

작은 수많은 바위와 울퉁불퉁하던 지면이 마치 누군가 깎은 듯 반반해졌다.

―도대체… 마스터는 자신의 힘을 얼마나 억누르고 있던 거야?

테라는 방금 마나를 활성화하는 것만으로도 주변을 쓸어버리는 재중의 모습에 눈동자가 흔들릴 수밖에 없었다.

자신의 마스터이지만, 예전의 마스터라고는 생각할 수도 없을 만큼 급이 다른 무력을 보여주고 있으니 테라로서도 기가 찰 노릇이었다.

거기다 재중의 마나가 활성화되자 100여 미터나 떨어져 있는 테라의 주변 마나가 흔들릴 정도로 영향력도 타의 추종을 불허했다.

―일만 년을 산 고룡도 이 정도로 마나의 지배력을 가질 수 없는 노릇인데……. 도대체 마스터의 정체가 뭐냐고.

이제 갓 성룡이 된 재중이다.

아무리 드래곤이라고 해도 이건 너무 상식을 벗어난 힘이었다.

아니, 규격을 벗어난 힘이라고 해야 할 정도였다.

그만큼 주변의 마나를 지배하는 재중의 능력은 드래곤의 마도서로서 드래곤의 모든 지식을 가지고 있는 테라조차도 본 적이 없었다.

그런데 돌연 재중의 모습이 테라의 눈앞에서 사라져 버렸다.

─앱솔루트 배리어!

테라는 재중이 사라지는 순간, 생각할 것도 없이 자신의 몸에 최강의 방어 마법을 시전했다.

콰직!!

그런데 마법이 발동되자마자 테라의 옆구리 쪽의 막에 금이 가버렸다.

"아, 살짝 늦었네."

간발의 차이였다.

재중을 너무나 잘 알고 있기는 테라이기에 할 수 있는 반응이기도 했다.

하지만 마법으로는 최강의 방어 마법인 앱솔루트 배리어가 재중의 주먹 한 방에 금이 가버렸다는 것은 재중의 주먹에 담긴 힘이 이미 9서클을 넘어 섰다는 것을 의미했다.

테라의 표정이 굳었다.

그나마 한 방에 실드가 깨지지 않았다는 것이 테라에게

는 행운이었다.

반면 재중은 아쉽다는 표정을 지은 뒤 다시 사라지더니 본래 자신이 서 있던 곳으로 되돌아갔다.

차라라락!!

테라도 재중이 다시 시야에 들어오자 또 어떤 공격이 있을지 몰라 마도서의 책장을 계속 넘기기 시작했다.

이렇게 책장을 넘기고 있으면 그래도 빠르게 반응할 수 있기 때문이다.

씨익~

그런데 재중을 다시 공격할 것이라는 테라의 예상과 달리 입가에 미소를 가득 머금더니 양손을 천천히 들어 흔들기 시작했다.

보기에는 그저 별것 아닌 장난처럼 힘없이 흐느적거리는 모습이었는데, 그걸 본 테라는 잠시 고개를 갸웃거리다가 곧 몸이 굳어버렸다.

—젠장!

테라의 입에서 곧바로 욕지거리가 튀어나왔다.

지금 재중이 하고 있는 행동을 조금 전에 직접 눈으로 보았기 온몸의 털이 곤두서는 테라였다.

—블랙홀!

흐느적거리는 손놀림, 그것은 조금 전 타이탄을 집어삼

킨 블랙홀을 만들 때 하던 행동과 너무나 똑같았다.

그리고 재중의 행동은 바로 효과가 나타났다.

우지끈!

—한발 늦었나!

빠르게 이곳을 벗어나기 위해 공간 이동 마법을 사용하려고 했지만, 어찌 된 일인지 마나가 테라의 의지를 벗어나 제멋대로 날뛰기 시작했다.

그리고 그렇게 날뛰던 마나는 마치 자석이 이끌리듯 테라의 머리 위로 모여들었다.

—이래서… 타이탄이… 꼼짝없이… 당한 건가.

우지끈!

그나마 지금은 앱솔루트 배리어 때문에 버티고 있는 것이다.

하지만 이미 배리어 전체에 그물처럼 금이 가 있는 상태이기에 언제 배리어가 깨져도 이상하지 않을 상황이다.

—이게 깨지면… 쳇!

앱솔루트 배리어가 마나가 날뛰는 압력에 천천히 부서질 정도이다.

무려 9서클 절대 방어 마법이 말이다.

계산적인 수치로 보면 앱솔루트 배리어는 드래곤의 전력을 다한 공격을 세 번까지는 막아낼 수 있는 방어력을 가졌다.

그런데 그런 실드가 지금 느리긴 하지만 강제로 부서지고 있었다.

즉 타이탄이 재중의 손장난 같은 것에 묶인 듯 꼼짝없이 당한 것도 모두 지금처럼 마나가 미친 듯이 날뛰면서 집중되는 현상으로 생기는 압력 때문이었다.

그것 때문에 그렇게 허무하게 당했다는 것을 테라는 깨달았다.

인간의 피로 부활했다고 하지만 타이탄은 반신의 존재이다.

그런데 그런 존재를 꼼짝없이 묶어둘 만큼의 압력이라면 지금 앱솔루트 배리어가 부서지는 것도 어쩌면 당연했다.

쩌쩌쩍!!

그리고 테라의 생각대로 머리 위에 집중된 마나들이 한 계치를 넘어서자 공간을 찢어버리기 시작했다.

곧이어 찢어진 공간 안에서는 시커먼 어둠의 줄기가 뿌리를 뻗듯 테라를 향해 천천히 다가오기 시작했다.

─이렇게 해야만 하나요?!

테라는 당장 도망갈 수가 없었다.

그렇다고 뭔가 하려면 지금 자신을 지켜주고 있는 앱솔

루트 배리어를 해제해야 하는데 그럴 수도 없었다.

현재 앱솔루트 배리어는 테라의 유일한 목숨줄이나 마찬가지였다.

앱솔루트 배리어를 해제하는 순간 타이탄이 그랬던 것처럼 테라도 머리 위에 생겨난 소형 블랙홀에 빨려들어 영원히 소멸해 버릴 테니 말이다.

결국 아무것도 할 수 없는 상황에 테라가 할 수 있는 것은 거우 재중을 향해 소리치는 것뿐이었다.

"거치적거려."

주르륵…….

재중의 말은 테라의 가슴에 한 자루의 비수가 되어 꽂혀 버렸다.

그리고 깊숙이 꽂혀 버린 말에 반응하듯 테라의 눈에서 눈물이 흘러내렸다.

또로록, 뚝.

─내가… 눈물을……?

당장에라도 앱솔루트 배리어가 깨지면 블랙홀에 빨려들어 흔적도 없이 사라져 버릴 상황이었다.

하지만 테라는 그것보다 자신이 눈물을 흘렸다는 사실에 더욱 놀랐다.

그도 그럴 것이, 테라의 본체는 마도서였다.

즉 초대 드래곤 로드가 인공적으로 에고를 넣어서 만든 인격인 것이다.

지금까지 여러 가지 감정 표현을 하면서 사람보다 더욱 사람처럼 행동해 왔다.

그러나 사실 이것은 모두 그동안 오랜 세월을 살아오면서 인간을 관찰하고 배워서 얻은 것이다.

즉 학습에 의한 감정 표현이었다.

테라는 스스로가 웃어야 한다고 판단되면 웃었고, 무언가를 얻기 위해 눈물을 흘린 적도 많았다.

하지만 지금의 눈물은 그런 것과는 전혀 다른 것이기에 테라는 스스로에게 놀라는 중이다.

자신도 모르게 흘리는 눈물, 의도하지 않은 눈물은 처음이다.

그리고 누군가 보이지 않는 칼로 심장을 난도질하는 아픔까지 느껴지기 시작했다.

마치 세상의 모든 것이 무너져 내리는 것 같은 기분과 함께 말이다.

와장창!!

간신히 버텨오던 앱솔루트 배리어가 결국 깨져 버렸다.

하지만 난생처음 진심으로 감정이라는 것을 느낀 테라

는 웃었다.

그것은 아주 작은 웃음이다.

하지만 테라에게는 그 작은 웃음이 지금까지의 그 어떤
테라의 웃음보다 자연스럽다고 느꼈다.

Chapter 12
미친 드래곤

재중귀환록

"마나 동결!!"

―마나 중력 상쇄!!

콰직!

앱솔루트 배리어가 깨진 테라의 몸이 재중이 만든 소형 블랙홀로 빨려들어 가기 직전, 갑자기 블랙홀을 유지하기 위해서 미친 듯이 날뛰던 마나가 순식간에 멈춰 버렸다.

당연히 블랙홀을 유지하기 위해서는 마나가 움직여야 했기에 마나가 멈추자 거짓말처럼 블랙홀도 사라져 버렸다.

그리고 마나가 멈춘 곳에 서 있는 테라의 옆으로 크레이언 올드 세이라와 그녀의 가디언인 세프가 모습을 드러냈다.

"아주 미친 드래곤을 깨웠구나."

크레이언 올드 세이라는 지금 재중의 상태를 한눈에 알아본 듯 미간을 찡그리면서 테라를 스치듯 지나쳐 재중에게로 다가갔다.

"처음 뵙겠습니다, 세라 님."

여태 재중은 크레이언 올드 세이라를 몇 번이나 만났지만 드래곤의 인격이 세라를 만나는 것은 처음이었다.

재중은 크레이언 올드 세이라를 향해 공손하게 고개를 숙였지만, 입가를 이죽거리는 것을 보면 절대로 진심은 아니었다.

"그따위 겉치레 인사는 집어치워라, 크레이언 올드 콴!!"

씨익~

이상했다.

크레이언 올드 세이라는 재중을 향해 생전 처음 들어보는 이름을 말했다.

하지만 어째서인지 재중은 생전 처음 듣는 크레이언 올드 콴이라는 이름을 듣자마자 마치 기다렸다는 듯 입가에 미소를 지어 보였다.

"나를 아는 드래곤이 있을 줄이야. 놀랐는걸."

건들거리면서 삐딱하게 크레이언 올드 세이라를 쳐다
보는 재중의 표정은 예전의 재중이라고는 생각할 수 없을
정도로 완전 다른 사람이었다.

그리고 얼핏 스치듯 보면 다른 사람으로 착각할 만큼
분위기도 변해 버렸다.

분위기가 얼마나 그 사람을 좌우하는지 단편적으로 보
여줄 만큼 극명하게 변했다.

"난 드래곤의 족보를 관리하고 있으니까."

"후후훗, 역시 그런 건가? 하지만 바보 같은 녀석을 마
주할 때는 모르더니 지금은 알아보는 것이 제법 눈치가 빠
른 드래곤이군."

건들거리면서 오히려 크레이언 올드 세이라에게 비아
냥거리는 재중의 모습에 그녀는 미간을 찡그렸지만 별다
른 행동을 취하진 않았다.

상대가 얼마나 무모하면서도 미친 행동을 밥 먹듯이 저
지르는 드래곤인지 알고 있으니 말이다.

크레이언 올드 콴이라는 이름은 드래곤 사이에서는 강
제로 잊힌 이름이나 마찬가지였다.

드래곤의 수치로 불리며 드래곤들 사이에서는 입 밖에

꺼내지 않는 것이 불문율처럼 되어버린 드래곤이다.

현재 재중의 몸을 지배하고 있는 드래곤의 의식인 크레이언 올드 콴을 아는 드래곤은 사실상 크레이언 올드 세이라가 유일했다.

"중력으로 암흑 공간을 만들어내는 드래곤은 미치광이 콴 그대가 유일했으니까."

그리고 크레이언 올드 콴은 크레이언 올드 세이라의 조상이었다

사실 크레이언 올드 세이라는 끝까지 지구의 일에 관여하지 않으려고 했다.

크레이언 올드 콴이 재중의 몸에서 부활했다는 것을 알기 전까지는 말이다.

철저하게 이방인이었고, 이방인으로서 지켜보는 것만 허락된 상태였기에 타이탄이 부활했을 때도 재중에게 맡기고 물러나 버린 크레이언 올드 세이라였다.

그랬던 그녀가 이렇게 자신의 금기를 깨뜨리고 모습을 드러낸 것은 재중이 소형 블랙홀, 아니, 암흑 공간을 만들어 타이탄을 너무나 허무하게 처리하는 것을 보고 난 뒤였다.

셰프의 위성을 통해서 재중과 타이탄의 싸움을 고스란히 지켜보던 그녀는 재중의 소형 블랙홀을 보는 순간 너무

나 낯익은 느낌을 받았다.

결국 드래곤의 족보를 뒤져본 결과 귀퉁이에서 전설처럼 내려오던 한 미치광이 드래곤의 전설을 발견할 수 있었다.

그리고 놀랍게도 크레이언 올드 콴이라는 드래곤이 자신의 영혼을 저장하기 위해 처음으로 골렘을 만든 드래곤과 동일인물이라는 것도 알게 되었다.

드래곤에게 크레이언 올드 콴이라는 드래곤은 지구의 역사에 비유하자면 세계 이차대전을 일으킨 독일의 아돌프 히틀러와 동일시될 만큼 엄청난 짓을 저지른 죄인이었다.

크레이언 올드 콴이 스스로 영원히 살기 위해 만든 골렘이 인간의 손에 넘어가면서 드래곤을 사냥하는 무기가 되어 되돌아와 버렸으니 말이다.

크레이언이라는 이름을 사용하는 드래곤들이 대대로 드래곤의 족보를 관리하게 된 것도 알고 보면 모두 크레이언 올드 콴이 저지른 짓을 되풀이하지 말라는 그 당시 드래곤들의 의견 때문이었다.

"너는 절대로 되살아나서는 안 되는 존재다, 미치광이 콴."

크레이언 올드 세이라가 재중을 향해 이를 갈면서 으르

렁거리자 재중이 피식 웃었다.

"미치광이 콴이라……. 오랜만에 들어보는 별명이야, 크크크큭. 그런데 왜지? 왜 내가 더 살려고 발버둥 치는 것이 잘못이라고 매도하는 거지?"

오히려 왜 자신을 몰아세우는 것인지 이해할 수 없다는 표정을 지은 재중이 크레이언 올드 세이라를 쳐다보면서 물었다.

"닥쳐!! 네놈이 만든 골렘이 인간들의 손에 넘어가 드래곤을 사냥하는 무기가 되었다! 그런데도 네놈이 잘했다는 것이냐?!"

"그게 왜 내 잘못이지?"

오히려 윽박지르는 크레이언 올드 세이라를 향해서 아무 죄도 없는 자신을 몰아붙이는 것이 이해가 가지 않는다는 표정을 지은 재중이 어깨를 으쓱거렸다.

"문답무용!!"

쾅!!

어차피 크레이언 올드 세이라는 재중의 몸에서 되살아난 크레이언 올드 콴을 그대로 두고 볼 생각이 없었기에 곧바로 주먹을 휘둘렀다.

하지만 이미 재중은 사라진 상태였다.

"아무튼 내 핏줄 아니랄까 봐 성질 급한 것도 알아줘야겠군."

재중이 마치 어른이 떼쓰는 어린애를 나무라는 듯한 말투로 말했다.

방금 재중이 서 있던 곳이 미사일이 떨어진 것처럼 커다란 크레이터가 생긴 것과는 전혀 어울리지 않았다.

"닥쳐!! 너는 크레이언이라는 이름의 수치다!!"

드래곤들은 대대로 자신의 첫 번째 불리는 이름을 물려주는 전통이 있었다.

종족의 특성 때문인지 드래곤은 대부분 자손을 보는 경우가 드물어 이름을 물려주는 것이 짧게는 5천 년, 길게는 1만 년이라는 주기였기에 첫 번째 이름에 가지는 애착이 상당할 수밖에 없었다.

즉 자신의 첫 번째 이름은 자신만이 아니라 대대로 이름을 물려준 드래곤들의 상징과 같았다.

간단하게 한국에서 성을 물려주는 것과 비슷했지만, 무게감은 차원이 달랐다.

크레이언 올드 콴처럼 드래곤의 역사에 지울 수 없는 죄를 지은 경우 죄인의 이름을 물려받은 다음 드래곤도 죗값을 치러야 했다.

즉 개인에게만 죄를 묻는 인간들과 달리 드래곤에게는 죄가 대물림되었다.

죗값을 완전히 청산하기 전까지 유전자를 이어받은 후손이 계속해서 대물림을 반복하는 것, 그것이 바로 드래곤의 율법이었다.

어떻게 보면 잔인할 수도 있지만, 드래곤이 가지는 힘과 상징성을 생각한다면 당연했다.

강력한 힘에는 강력한 책임이 따르는 것이다.

"어차피 너는 곧 고향으로 돌아갈 텐데 어째서 굳이 나와 대적하는 거지?"

재중은 곧 자신의 고향으로 돌아갈 크레이언 올드 세이라가 자신에게 이렇게 적대적인 것이 여전히 이해가 가지 않았다.

물론 크레이언 올드 세이라에게는 속이 뒤집어질 상황이었다.

그러나 재중의 몸에 부활한 크레이언 올드 콴의 입장에서는 그녀가 도무지 이해가 가지 않았다.

그도 그럴 것이, 크레이언 올드 콴은 사고만 치고 바로 마나의 품으로 돌아가 버렸기에 그 뒤에 일어난 일은 전혀 몰랐다.

골렘이 인간의 손에 넘어가 드래곤을 사냥하는 무기가 되었다고 하지만, 그의 입장에서는 그것이 어째서 자신의 잘못인지 이해할 수 없었던 것이다.

자신이 인간에게 골렘을 전해준 것도 아니었으니 말이다.

그는 솔직히 지금 상황이 오히려 억울했다.

자신의 레어는 특별히 출입이 허가된 몇몇 드래곤을 제외하고는 레어의 입구를 통과하는 것 자체가 불가능했다.

그렇기에 그대로 자신의 레어에 골렘을 놔두었다면 인간들이 골렘을 사용할 일은 결코 생기지 않았을 것이다.

하지만 인간들에게 골렘이 전해졌다면 분명히 자신의 레어를 출입할 수 있는 몇 안 되는 드래곤 중 하나가 범인이었음이 분명하다.

누군가가 자신의 레어에서 골렘을 꺼내 갔기에 인간들에게 전해졌을 것이다.

그렇기에 그것을 모두 자신에게 뒤집어씌우는 크레이언 올드 세이라의 모습이 어리둥절한 것은 당연했다.

마치 자고 일어났더니 죽일 놈이 되어서 주변 사람들이 질타하는 상황과 마찬가지였다.

"드래곤의 역사를 바로잡기 위해서다!"

"크크큭!!"

재중은 드래곤의 역사를 바로잡는다는 크레이언 올드 세이라의 외침에 순간 진심으로 웃었다.

"누구를 위한 역사지? 드래곤을 위한 역사? 넌 드래곤의 족보를 담당하고 있다면서 드래곤의 역사는 전혀 모르는군."

"무슨 헛소리냐!"

이미 미치광이 콴이라는 별명을 지겹도록 들은 크레이언 올드 세이라는 지금 재중의 입에서 나오는 모든 말이 곱게 들릴 리가 없었다.

하지만 그런 상대와 달리 재중은 피식 웃으면서 크레이언 올드 세이라에게 말했다.

"드래곤의 족보를 담당하고 있다면서 족보가 일정 주기로 리셋된다는 것을 모르고 있다니 오히려 믿을 수가 없구나."

"……"

지금까지 재중의 입에서 나오는 모든 말에 신경질적으로 대꾸하던 크레이언 올드 세이라가 처음으로 입을 다물었다.

그리고 재중의 눈동자를 뚫어지게 쳐다본 뒤 다시 천천히 입을 열었다.

"네놈이 그것을 어떻게 알고 있는 거지?"

크레이언 올드 세이라도 어쩌다 알게 된 사실을 크레이언 올드 콴은 진작 알고 있었다는 것에 당황해서 순간 짜증을 내던 자신도 잊어버린 것이다.

"당연히 알 수밖에 없지. 족보가 리셋되기 전까지 드래곤 로드이던 것이 나였으니까."

쿵!

크레이언 올드 세이라는 크레이언 올드 콴의 말이 끝나자마자 가슴에 갑자기 커다란 바위가 내려앉는 느낌을 받았다.

"거짓말!!"

순간 인정하고 싶지 않은 마음에 반항했다.

"드래곤은 거짓을 말하는 순간 자신의 존재가 부정당해 모든 마나가 자연의 품으로 돌아간다는 것을 알고 있을 텐데?"

그랬다.

자신이 그렇게 원망하던 미치광이 콴이라는 조상이 황당하게도 당시 드래곤 로드라는 것은 사실이다.

만약 그 말이 거짓이라면 당장 재중의 몸을 지배하고 있는 크레이언 올드 콴의 영혼은 사라져 버렸을 테니 말이다.

"어째서… 어째서… 당신이 그때 드래곤 로드라는 것이 족보에는 기록되어 있지 않은 거지?"

분명히 족보에는 영혼과 동기화되는 골렘을 만들어서

드래곤 역사에 큰 죄를 지은 죄인이라고만 기록되어 있을 뿐이었다.

이외에 크레이언 올드 콴에 대한 다른 어떠한 정보도 쓰여 있지 않았다.

지금까지 철석같이 믿고 족보의 정보에 대해서 의심한 적이 없던 크레이언 올드 세이라는 처음으로 흔들리기 시작했다.

자신이 지금까지 믿고 있던 가치관과 전혀 다른 진실이 부딪치자 혼란이 찾아온 것이다.

"네가 지구로 오기 전까지 드래곤 로드의 첫 이름이 혹시 폴른, 타이렁, 카이세오 중에 하나가 아닌가?"

멈칫!

크레이언 올드 세이라는 순간 몸을 움찔거렸지만 천천히 입을 열었다.

"그 당시 드래곤 로드의 이름은 폴른 올드 카이라였다."

재중의 입가에 미소가 그려졌다.

방금 크레이언 올드 세이라의 대답으로 누가 자신의 레어에 들어가 골렘을 꺼내갔는지 알았으니 말이다.

"드래곤 로드의 레어는 드래곤조차도 함부로 들어갈 수 없는 곳이다. 그건 너도 알고 있겠지."

"그래, 신과 직접 대화할 수 있는 드래곤은 로드가 유일하니 그건 당연하다."

당연한 것을 묻는 크레이언 올드 콴의 질문에 크레이언 올드 세이라가 날카롭게 대답했다.

"하지만 비상시를 대비해서 드래곤 로드의 차기 후보는 드래곤 로드의 레어로 마음대로 들어갈 수 있지. 그리고 내가 드래곤 로드를 할 때 골렘을 만들어두었던 나의 레어에 들어올 수 있는 드래곤의 첫 이름은 폴른과 타이렁, 그리고 카이세오였다.

"설마······!"

크레이언 올드 세이라는 지금 한 말에 무언가 뇌리에 스치는 것이 있었다.

그녀는 다급히 큐브 형태의 드래곤의 족보를 꺼내 역대 드래곤 로드의 이름을 찾았다.

그리고 확인하고 난 뒤 황당한 표정을 감추지 못했다.

드래곤 족보에는 역대 드래곤 로드의 첫 이름의 순서가 폴른, 타이렁, 카이세오로 계속 반복되었던 것이다.

모든 드래곤에게 신의 이름으로 명령을 내릴 수 있는 자리가 바로 로드였다.

그리고 그런 막강한 자리에 폴른과 타이렁, 그리고 카이세오라는 이름이 계속 반복적으로 이어진다는 것을 확인할 수 있었다.

크레이언 올드 세이라는 무언가 수수께끼 퍼즐이 맞춰
지는 것을 느꼈다.

"셋 중에 하나, 아니면 둘, 그것도 아니면 전부 다였을
지도 모르지. 내 레어에서 골렘을 꺼내 인간에게 전해준
진짜 죄인이."

그랬다.

골렘을 실험하기 위해서 크레이언 올드 콴은 자신의 영
혼을 꺼내야 하는데 그러려면 죽어야만 했다.

즉 크레이언 올드 콴이 골렘으로 자신의 영혼을 이동시
키는 실험을 시작해 성공했다면 몰라도 실패한 이상 인간
들에게 골렘이 전해질 수가 없었던 것이다.

드래곤 로드의 레어는 드래곤조차도 함부로 들어갈 수
없는 결계가 있는 곳이다.

즉 인간들이 드래곤 로드의 레어에 들어가서 골렘을 꺼
내 갔다는 것은 도저히 있을 수 없는 일이었다.

그런데 크레이언 올드 세이라의 표정을 본 크레이언 올
드 콴이 다시 물었다.

"혹시 그대 혼자 지구로 오지 않았던가?"

"…맞다."

처음의 기세는 이미 완전히 사라진 크레이언 올드 세이

라는 가벼운 그 말 한마디에도 이미 완전 밀려 버린 모습
이다.

"신의 이름으로 지구로 가라고 했겠지. 관조자로서 말
이야."

"…그것도 맞다."

크레이언 올드 세이라의 말을 들은 크레이언 올드 콴이
고개를 천천히 끄덕이더니 나직하게 입을 열었다.

"다른 차원의 감시자는 본래 드래곤들이 다른 드래곤을
추방할 때 썼다는 것을 넌 전혀 모르고 있었군."

"…그게 무슨 소리지?"

"다른 차원의 감시자는 감시를 하기 위해서 온 곳에 그
어떤 영향력을 끼쳐서는 안 되는 법칙이 있다는 것은 이미
알고 있겠지."

"그, 그렇다."

"반신의 존재, 그리고 신의 대리로서 균형을 담당하는
드래곤이 그 무엇도 할 수 없는 곳에서 그저 지켜보고만
있어야 하는 것이 필요하다고 생각되나?"

"……."

크레이언 올드 콴은 아무 말이 없어진 크레이언 올드
세이라를 보고 지금까지 자신이 무엇을 말하려고 한 건지
이해했다는 것을 알아챘다.

그리고 더 이상 설명하는 것을 그만두었다.

크레이언 올드 세이라, 그녀는 그녀 자신이 알고 있던 것과 달리 진실은 드래곤 로드가 그녀를 속여서 다른 차원의 감시자라는 명목으로 쫓아냈던 것이다.

Chapter 13
잔인한 진실

재중귀환록

"이제 나는 어디로 가야 하지?"

몇 시간 동안 그 자리에 서서 그랜드캐니언의 뜨거운 태양을 고스란히 받았지만, 그런 것은 아무런 영항조차 없었다.

크레이언 올드 세이라의 모습은 처음과 다를 바가 없었다.

진실의 무게에 눌린 듯한 피로한 눈동자를 제외하고는 말이다.

"그건 스스로가 정해야겠지."

오히려 상황이 뒤바뀌어서 크레이언 올드 세이라가 재중에게 묻는 모습이 되어버렸다.

"지금까지 한 말이 모두 사실이라면 난 돌아갈 곳이 없다는 건가?"

힘없이 축 늘어진 크레이언 올드 세이라의 말에 크레이언 올드 콴이 조용히 대답했다.

"돌아가기 위해서는 너를 보낸 드래곤 로드가 차원의 문을 열어줘야만 가능할 것이다. 그렇다면 기다려 보는 것도 나쁘지 않지. 정말 너의 드래곤 로드가 너를 추방한 것인지, 아니면 정말 신의 이름으로 감시자가 필요해서 보낸 것인지 말이야."

"…그렇겠군."

지금 지구에 있는 크레이언 올드 세이라가 할 수 있는 것은 아무것도 없었다.

그래서인지 그녀는 받아들이는 표정이다.

아니, 받아들이지 않는다고 해도 달리 할 수 있는 것이 없었다.

그렇게 크레이언 올드 세이라와의 대화가 모두 끝난 뒤 재중의 걸음이 움직여 도착한 곳은 테라가 서 있는 곳이었다.

"테라."

─…….

나직한 재중의 말, 아니, 크레이언 올드 콴의 말에 테라는 대답하지 않고 분노가 가득한 눈동자로 재중을 쳐다보는 것으로 대답을 대신했다.

씨익~

그런데 돌연 테라를 향해 미소를 지어 보인 재중이 테라의 손에서 드래곤의 마도서를 낚아채 버렸다.

덥석!

─안 돼, 그건!!

테라는 순간 자신의 본체인 마도서가 재중의 손으로 넘어가자 필사적으로 재중에게 달려들었지만 시도한 것이 전부였다.

─크윽!!

엄청난 중력이 테라의 몸을 짓누르고 있는 상황에 마도서까지 뺏겨 버린 테라는 아무것도 할 수가 없었다.

"거의 완성되어 가는군."

그런데 테라에게서 빼앗은 드래곤의 마도서를 펼쳐본 크레이언 올드 콴은 대충 살펴보듯 책장을 넘기다가 가장 마지막 장에 다다르자,

픽!

돌연 손가락에 마나를 집중에 피를 터뜨리더니 마도서

에 무언가 쓰기 시작했다.

틱!

그러고는 미련 없이 마도서를 덮더니 테라에게 내밀었다.

"장난도 이제 슬슬 지루하고 재미도 없으니 난 이만 가련다."

—……?

뜬금없는 크레이언 올드 콴의 말에 테라가 경계하면서도 고개를 갸웃거릴 때,

털썩!

재중의 눈이 천천히 감기면서 영문 모를 미소를 크게 짓고는 조용히 쓰러져 버렸다.

—마스터!!

갑자기 쓰러진 재중의 모습에 황급히 다가간 테라가 살펴보았다.

—의식을 잃었어. 어떻게… 설마… 드래곤의 사념이 스스로… 다시 무의식의 세계로 들어갔다는 건가?

있을 수 없는 일이었다.

드래곤의 의식이 스스로 다시 언제 다시 깨어날지 모르는 심연의 깊은 곳으로 들어간다는 것은 말이다.

하지만 그 있을 수 없는 일이 실제로 벌어져 버렸기에 테라는 멍하니 눈을 감고 있는 재중을 쳐다볼 뿐이었다.

그러다 문득 크레이언 올드 콴이 자신의 본체인 마도서의 마지막 장에 뭔가 남긴 것이 떠오른 테라는 급히 마도서를 꺼내 펼쳤다.

마지막 실험은 성공.

짧은 글을 본 테라는 도대체 크레이언 올드 콴이라는 드래곤이 어떤 드래곤이었는지 갈피를 잡을 수가 없게 되어버렸다.

하지만 한 가지는 확실해 보였다.

—미치광이 콴이라고 불릴 만큼… 괴짜이긴 하군.

드래곤들이 워낙에 이기적인 성격이라 괴팍하고 별난 성격이 많은 것은 테라도 알고 있었다.

하지만 설마 자신의 피를 이용해서 드래곤이 된 재중의 몸에서 깨어난 드래곤의 의식이 마지막에 확인하고자 했던 것이 결국 자신의 실험 성공 확인이라는 것을 생각하자 어이가 없을 지경이다.

미치광이 콴이라는 별명보다 괴짜 콴이라는 별명이 더욱 어울릴 만큼 너무나 독특한 성격이다.

그런데 문득 크레이언 올드 콴의 행동을 짚어보던 테라는 어쩌면 콴이 만든 골렘도 크레이언 올드 세이라가 알고 있는 것과 전혀 다른 용도였을지 모른다는 생각이 들었다.

"역사는… 승자의 기록이지."

그랬다.

인간의 역사는 오로지 승리한 자의 것이다.

패배한 자, 퇴보한 자는 절대로 역사의 기록에 남지 못한다.

드래곤도 별로 다를 것 같지 않다고 생각한 테라가 조용히 크레이언 올드 세이라를 보자,

"그래, 역사는 승자의 기록이지. 그리고 드래곤의 족보도 결국 드래곤 로드의 기록이기도 하고."

처음이야 너무나 상반된 진실에 혼란이 온 크레이언 올드 세이라였다.

그러나 역시나 순수 혈통으로 태어난 드래곤답게 빠르게 이성을 되찾고 생각을 정리한 표정이다.

어차피 기다려 보면 진실은 스스로에게 찾아오게 되어 있으니 기다리기로 한 것이다.

대륙으로 돌아가는 그날을 말이다.

"재중을 만나… 나의 이름에 남아 있던 죄를 버리고 명예를 되찾게 되었군."

크레이언 올드 세이라는 운명의 장난처럼 베르벤이 재중의 몸에 주입한 드래곤의 피가 아주 옛날 크레이언 올드

콴이 실험을 위해 자신의 피를 남겨두었던 것이고, 그것을 받아들여 드래곤이 되었다는 것도 신기했다.

하지만 정말 신기한 것은 재중의 몸을 통해서 크레이언 올드 콴이라는 드래곤이 완벽하게 부활하는 데 성공했다는 것이다.

즉 드래곤의 피로 인해 다시 부활하는 실험은 성공했다.

그것도 완벽하게 말이다.

다만 드래곤의 피를 몸으로 받아들이고도 살아남을 수 있는 인간이 있어야 한다는 조건이 붙기는 했다.

그러나 그 누구도 생각지 못한 실험을 한 것은 드래곤의 역사에 남을 기록이었다.

"어쩌면… 콴은… 그저 별난 드래곤이었을지도 모르겠군."

크레이언 올드 세이라는 만약 자신이 대륙으로 돌아간다면 진실을 물어볼 생각이다.

드래곤 로드가 아닌 신에게 말이다.

물론 자격이 없는 존재가 신에게 질문할 때는 그만큼의 대가를 지불해야 한다.

하지만 지금의 그녀에게 그런 대가 따위는 중요하지 않았다.

오로지 이름의 명예가 되돌아왔다는 것만이 중요했다.

—마스터가 깨어나질 않아.

벌써 이틀째다.

크레이언 올드 콴의 의식이 스스로 재중의 심연 깊은 곳으로 들어가 버린 뒤, 재중은 잠든 모습 그대로 이틀째 누워 있기만 했다.

테라가 걱정스러운 표정을 짓기 시작했다.

자기 방어로 의식을 스스로 봉인한 것이라면 주변에 위험이 없다는 것을 감지하면 자연스럽게 깨어나는 것이 본능이다.

하지만 어찌 된 일인지 재중은 테라가 마련한 핵폭탄이 떨어져도 안전할 레어에 2일 동안 누워 있는데도 도무지 깨어날 기미가 보이지 않았다.

—마스터의 상태는 어떻지?

재중을 지키듯 침대 옆에서 한 발자국도 움직이지 않고 있는 흑기병이 테라에게 물었다.

—정상이야. 모든 상태가 지극히 정상. 하지만 체온이 제법 낮아지고 있어.

—체온이?

—그래. 벌써 27도까지 떨어졌으니 본래 평범한 인간의

몸이라면 저체온증으로 사망했겠지만 마스터는 드래곤이
니 그럴 일은 없어.

당연했다.

드래곤은 추위와 더위를 느끼지 않는 마나의 축복을 받
은 존재였다.

그런데 그런 테라의 말을 가만히 듣던 흑기병이 재중을
살펴보더니 나직하게 한마디 했다.

—수면기다.

—뭐?

흑기병의 말에 테라가 화들짝 놀랐다.

—드래곤은 수면기에 빠지면 며칠 사이로 체온이 급격
하게 떨어진다. 동물로 치면 동면에 빠지는 것과 비슷하
다.

—…너무 빠르잖아, 수면기에 빠지기에는.

강제 수면기, 그것은 이미 예고된 일이긴 했다.

재중이 여러 가지 일을 서두르면서 연아가 앞으로 살아
가는 데 아무런 문제가 없도록 조치를 취한 것도 모두 자
신의 수면기가 언제 찾아올지 모른다는 걱정 때문이었다.

하지만 가능하면 연아가 살아 있을 때는 수면기가 찾아
오지 않았으면 하는 게 솔직한 재중의 마음이었다.

—마스터는 아직 작은 마스터와 인사도 하지 못했어.

테라는 세상모르고 잠들어 있는 재중을 보면서 울 것 같은 표정을 지었다.

하지만 자신이 어떻게 할 수 있는 것이 없기에 더욱 답답했다.

첫 수면기는 드래곤이라면 꼭 지나가야 하는 본능이었으니 말이다.

첫 수면기에서 드래곤으로서의 모든 것이 완벽하게 완성되는 것이다.

첫 수면기를 겪고 난 뒤 다른 수면기는 모두 드래곤 스스로가 제어할 수 있는 것도 그 때문이다.

첫 수면기가 완성을 위환 과정이라면 그 후의 수면기는 그저 순수하게 잠을 자기 위한 수면기였다.

삐익!

테라가 서글픈 표정으로 재중을 보고 있는 이 순간에도 재중의 체온은 계속 떨어지고 있었다.

방금도 체온이 1도 떨어졌다는 알림이 울렸기에 온도계를 본 테라는 절로 한숨을 내쉬었다.

ㅡ영원히 안녕이구나, 지구의 인연과는.

천 년이다.

일반적인 드래곤의 첫 수면기의 기간이 말이다.

드래곤들에게는 그저 잠시 기다리면 되는 시간일 것이

다.

하지만 인간에게 천 년은 세대가 바뀌고, 역사가 바뀌고, 그리고 재중을 잊어버리기에는 충분하다 못해 넘치는 시간이었다.

지금이야 연아가 재중을 기억할 테지만, 연아가 낳은 자식부터 재중은 없는 사람이다.

―작은 마스터에게 뭐라고 전해주지.

테라는 아무런 준비조차 하지 않은 상태에서 재중이 갑작스런 수면기에 들어 무엇부터 해야 할지 몰라 갈팡질팡했다.

어느 정도 재중의 언질이 있었다면 또 모른다.

그러나 지금까지 재중은 타이탄과 라스푸틴에게 대응해서 움직이기만 했을 뿐이었다.

그러다 보니 정작 재중 자신에게 가장 중요한 수면기에 대한 대비는 지금 이곳 레어 하나밖에 없었던 것이다.

어쩌면 재중에게는 지금 누워 있는 이곳 레어보다 연아에게 하는 마지막 인사 한마디가 더욱 중요할지도 모른다.

테라는 그렇게 생각했다.

자신이 지켜본 재중의 성격이라면 분명히 그랬을 것이라고 생각했기에 연아에게 재중의 상황을 알려줄 용기가 쉽게 나지 않았다.

─테라.

─왜, 깡통.

─작은 마스터를 이곳으로 데리고 오는 건 어떨까?

─응? 작은 마스터를 이곳으로 데리고 오다니?

혹기병의 평소 성격이면 아무 말도 하지 않았을 텐데 군이 입을 열어 말을 하는 모습에 테라가 뚫어지게 쳐다보았다.

─마스터는 드래곤이시다. 하지만 작은 마스터는 평범한 인간이지.

당연한 말을 하는 혹기병을 향해 헛소리하면 가만두지 않겠다는 듯 테라가 날카롭게 쳐다보자,

─마스터께서 작은 마스터의 수호룡이 된다면 수면기에 빠진 드래곤 레어에 들어올 수 있는 자격이 생긴다.

짝!!

─맞아, 수호룡!! 그것이 있었지!!

혹기병의 말에 테라는 손바닥이 걱정될 만큼 강하게 손뼉을 치면서 자리에서 벌떡 일어섰다.

─깡통! 너 진짜 머리 좋다!!

테라는 전혀 생각지 못한 해결책을 꺼내준 혹기병에게 달려들어 키스라도 해주고 싶었다.

물론 시도하진 않았다.

저 성격에 건틀릿이 먼저 날아올 것을 잘 알고 있는 테라였기에 쓸데없는 시도 대신 그대로 몸을 돌려 레어를 빠져나갔다.

그리고 재중을 기다리고 있는 연아에게로 향했다.

Chapter 14
수면기

재중귀환록

"그러니까… 오빠가… 지금… 잠들어 있다는 거예요?"

ㅡ네, 아주 오랫동안 자야만 해요.

재중의 말대로 어딘가로 이동할 준비를 해놓고 마냥 기다리고 있던 연아였다.

그런데 갑자기 테라가 나타나서 재중이 지금 잠들어 있는데 아주 오랫동안 자야 한다는 말을 전한 것이다.

연아는 고개를 갸웃거렸다.

도무지 잠을 얼마나 오래 자길래 며칠째 소식도 없는 건지 이해가 가지 않았다.

그래도 그나마 무사하다는 것에 안심하는 표정을 보여
준 연아가 테라에게 다시 물었다.

"오빠는 지금 어디에서 자고 있는 거예요?"

모든 상황이 잘 끝났다는 테라의 말에 안심한 연아는
재중이 며칠 동안 잠만 잔다는 말에 걱정스러운 표정으로
물었다.

─원한다면 마스터가 있는 곳으로 갈 수 있어요.

"그래요? 그럼 얼른 가요. 도대체 얼마나 힘든 싸움을
했으면… 며칠 동안 잠만 잔다는 건지 걱정되네요."

연아가 바로 갈 것처럼 자리에서 벌떡 일어섰지만 테라
가 말렸다.

─단, 한 가지 조건이 있어요.

"조건… 이요?"

도무지 영문 모를 말을 하는 테라의 이상 행동이 이해
가 가지 않는 연아는 굳은 표정으로 테라를 쳐다보았다.

─이곳에서는 불가능하니 우선 자리를 옮기죠.

그러고는 바네사와 천서영을 무시하고 연아만 데리고
사라져 버렸다.

"잠깐! 저도 같이… 가버렸네."

천서영은 테라가 연아만 데리고 사라져 버린 것에 아
쉬운 표정을 감추지 못했고, 바네사는 고개를 흔들 뿐이

었다.

"정말 볼 때마다 신기하다니까, 마법사라는 존재는."

이미 테라에게 마법의 단검까지 받은 바네사는 마법이라는 것에 익숙해질 만큼 익숙해졌다고 생각했다.

그러나 역시나 공간이동으로 연아와 테라가 눈앞에서 사라져 버리는 것에는 도무지 적응이 되질 않았다.

물론 천서영과 달리 바네사는 연아의 비서였기에 재중의 생사가 궁금하기는 하지만 굳이 따라갈 정도는 아니기도 했다.

한편 그렇게 천서영의 눈앞에서 사라진 연아와 테라가 다시 모습을 드러낸 곳은 재중이 잠들어 있는 레어가 있는 섬이었다.

"여긴… 어디예요?"

아직 이곳에 온 적이 없는 연아는 갑자기 눈앞이 휙휙 바뀌더니 야자수와 푸른 바다, 그리고 섬에 어울리지 않게 커다란 산이 보이는 풍경에 테라에게 물었다.

─이곳에 마스터가 잠들어 있어요.

"네? 오빠가 이곳에 잠들어 있다니 도대체… 무슨 말이에요?"

연아는 재중이 라스푸틴과 싸우다가 지쳐서 어디 호텔이나 병원이 있을 것으로 생각했다.

그러니 뜬금없는 섬에 잠들어 있다는 테라의 말에 놀라는 것은 지극히 당연한 반응이었다.

테라는 부드럽게 연아를 진정시키기 시작했다.

"…무슨 일이에요, 도대체? 오빠가 이곳에 잠들어 있다니… 그리고 왜 섬이에요? 어디 다쳤어요? 병원 가야 되는 거 아니에요?"

하지만 쉴 새 없이 질문을 쏟아내는 연아의 반응에 테라는 조금 강하게 나가는 것으로 생각을 바꾸었다.

덥석!

―잘 들어요.

연아의 어깨를 강하게 쥔 테라가 눈을 똑바로 마주하고서 강하게 말했다.

"마, 말해요, 테라 씨."

―지금부터 당신을 전 작은 마스터라 부르겠습니다.

"네?"

도대체 상황이 어떻게 돌아가는지 모르지만 테라의 강인한 태도에 연아가 살짝 기가 죽었는지 조용히 고개를 끄덕였다.

테라가 곧바로 말을 이었다.

―마스터는 인간이 아닙니다.

"……?"

다짜고짜 재중이 인간이 아니라는 말에 연아는 멀뚱히 테라는 쳐다보다가 피식 웃었다.

"농담도 적당히 해요. 오빠가 사람이 아니라니, 후후후훗. 뭐… 마법사가 평범한 사람을 벗어났다는 말은 들었지만… 비슷한가?"

농담으로 받아들이는 연아의 반응에 테라는 말없이 연아를 쳐다보았다.

"…테라 씨?"

불러도 대답조차 하지 않고 테라는 연아의 눈동자를 계속 쳐다보기만 했다.

"테라 씨?"

두 번째 연아가 흔들리는 눈빛으로 쳐다보며 부르자,

─제가 농담하는 것으로 보이나요? 어째서 제가 당신을 작은 마스터라고 부르는지 생각해 보면 금방 정답이 나올 거라고 생각되는데요.

"……."

진지했다.

연아가 보기에 테라는 정말 진지하게 진심을 말하고 있는 것처럼 보였다.

결국 연아는 머뭇거리다가 겨우 목소리를 입 밖으로 내었다.

"그럼… 도대체… 오빠가 사람이 아니라면… 뭐예요?"

—드래곤입니다.

"……."

잠깐 동안의 침묵.

연아는 너무나 진지한 테라의 눈빛 때문에 농담이나 거짓말하는 것으로 받아들이진 않았다.

그러나 도대체 테라가 한 말을 어떻게 받아들여야 할지 쉽게 판단이 서지 않는 것은 어쩔 수가 없었다.

그리고 그때부터 테라는 끝없는 설득과 여러 가지 정황 등을 말하면서 우선 재중이 인간이었지만 드래곤이 되었다는 사실까지 이야기했다.

그리고 재중이 갑자기 며칠째 잠든 것도 모두 드래곤이 되었기에 꼭 거쳐야 하는 통과 의례 중의 하나라고 설명했다.

하지만 역시나 연아의 눈빛을 보면 쉽게 받아들이는 눈치는 아니었다.

사실 어느 날 갑자기 당신 오빠가 인간이 아니고 드래곤이라고 말하면 그걸 믿는 사람이 더 이상할 것이다.

연아의 이런 반응은 지극히 정상적인 반응이긴 했다.

다만 마나의 인도자들도 보고, 마법도 보고, 지금까지 상식을 벗어난 여러 가지 일을 지켜봤기에 어느 정도 받아들이긴 했다.

히지만 지금 테라의 말을 모두 이해하기에는 시간이 부족하다는 것을 테라도 알고 있었다.

그러나 지금 중요한 것은 연아가 재중의 정체를 이해하는 것이 아니라 연아가 재중을 수호룡으로 맹세하는 것이었다.

테라는 곧바로 본론으로 들어가서 연아에게 재중을 만나려면 재중과 운명을 함께할 것을 맹세하는 수호룡의 의식이 필요하다고 했다.

"…오빠는 정말 무사한 것이 맞아요?"

무슨 무당도 아니고 재중이 잠든 얼굴을 보는 데 수호룡 의식까지 해야 한다는 말에 연아는 슬쩍 겁먹은 듯 테라에게서 한 발 물러섰다.

하지만 그렇다고 도망치지는 않았다.

그동안 재중과 함께 움직이면서 여러 가지 믿음을 준 것이 최소한 연아가 도망치는 것은 막아준 셈이다.

하지만 뜬금없는 수호룡 의식은 도무지 거부감이 드는지 망설였다.

결국 테라는 이미지 마법으로 재중이 잠든 것을 보여주고 한참을 설득하고서야 의식을 치를 수가 있었다.

정말 여러 가지로 힘든 작업이었다.

하지만 이렇게 복잡한 것도 어쩔 수가 없었다.

수면기에 빠진 드래곤은 극도로 약해질 수밖에 없었다.

때문에 가디언은 수면기에는 다른 드래곤의 접근을 무조건 막아야 했다.

하지만 단 한 가지 예외가 존재했는데, 그것은 바로 수호룡의 맹세를 한 존재만은 수면기에 접어든 드래곤에게 접근이 가능했다.

자신의 목숨을 걸고 하는 영혼의 맹세인 만큼 서로의 목숨을 담보로 서로가 서로를 지켜주기로 했기에 가능한 것이다.

하지만 드래곤이 자신의 존재를 걸고 하는 맹세였다.

수호룡의 맹세가 존재하기는 하지만 대륙의 역사에서도 드래곤이 다른 존재와 수호룡의 맹세를 했다는 기록은 어디에도 없었다.

드래곤의 마도서인 테라가 생각하지 못한 것도 마도서가 만들어지고 계속 기록되어 온 시간 동안 드래곤이 수호룡을 한 적이 단 한 번도 없었기 때문이기도 했다.

"내가… 해도 되는 건가요?"

연아는 재중의 목숨과 자신의 목숨을 담보로 하는 약속이라는 말에 혹시나 자신이 잘못되면 재중에게도 피해가 가는 건 아닌지 걱정스러운 표정으로 물었다.

─그건 아니에요. 맹세는 애초에 서로의 약속을 지키는 것을 목적으로 하기에 작은 마스터가 다치거나 수명이 다해서 사망하는 것은 마스터에게 아무런 영향을 끼치지 못해요. 다만 맹세의 주체가 되는 증거가 중요해요.

"증거… 라면… 무슨……?"

─마스터와 작은 마스터가 서로 수호룡의 맹세를 했다는 증거를 작은 마스터의 영혼을 걸고 하게 되면 작은 마스터께서 사망하는 순간 수호룡의 맹세는 저절로 무효가 됩니다. 즉 작은 마스터의 자식들과 마스터와는 아무런 상관이 없는 남이 되는 거죠.

"그럼 다른 증거로 맹세하면 계속 오빠와 연결이 된다는 건가요?"

─네, 영혼과 영혼은 당사자끼리의 맹세로 끝나지만, 피를 증거로 수호룡의 맹세를 하게 되면 인간의 경우 대를 이어서 수호룡의 맹세가 성립됩니다. 어떻게 하시겠어요?

테라는 연아에게 선택을 넘겨 버렸다.

어차피 재중과 연아는 기본적으로 같은 핏줄의 남매이기에 피를 증거로 해도 수호룡의 맹세에 문제가 전혀 없었다.

그리고 처음부터 재중은 연아 때문에 대륙에서 지구로 넘어왔다.

사실 재중이 갑작스럽게 수면기에 빠지지 않았다면 이렇게 복잡하고 번거로운 절차가 필요하지도 않았을 일이다.

테라가 지금 이렇게 나서는 것은 오로지 인사를 할 기회를 주기 위해서였다.

비록 당사자인 재중은 그 인사를 듣지 못하겠지만, 연아는 자신의 오빠가 어떤 상태인지 알아야 앞으로 살아가는데 지장이 없을 것이다.

갑자기 재중이 사라진다면 이번에는 연아가 재중을 찾아서 자신의 모든 인생을 사용할지도 몰랐다.

재중이 자신의 모든 것을 걸고 연아를 찾아다닌 것처럼 반대의 상황이 될 수도 있었다.

살아 있는 동안에는 절대로 찾지 못할 사람을 찾아 헤매는 것만큼 슬픈 것도 없기에 테라는 편법이긴 하지만 이런 방법을 동원한 것이다.

"그냥 저만 오빠를 기억하는 것은 슬프지만… 제 자식들까지 오빠가 지켜봐 주길 바라진 않아요."

연아는 자기만 재중을 기억한다는 것이 슬펐다.

이 세상에 가족이라고는 재중과 연아 단둘이었는데, 이제 그 한 명은 무려 천 년 동안 자야 하는 잠에 빠져 버렸다.

그리고 인간인 연아로서는 재중이 깨어날 때까지 살아 있을 가능성은 사실상 없다고 봐야 했다.

—그럼 시작하죠.

연아는 자신의 영혼을 걸고 재중의 피를 매개체로 수호룡의 맹세를 마치고 나서야 잠들어 있는 재중의 모습을 볼 수가 있었다.

"오빠……."

삐이!

연아가 재중을 보기 위해서 들어온 순간에도 재중의 체온을 측정하는 온도계는 계속 체온이 떨어지는 것을 알리고 있었다.

"12도? 저건 뭐예요?"

연아는 재중이 누워 있는 침대 옆 70인치 크기의 화면이 커다란 숫자로 심장 박동을 나타내는 심박 수와 온도를 나타내고 있기에 테라에게 물었다.

—마스터의 체온 상태를 알리는 거예요.

"네? 체온… 이라면… 설마 지금 오빠 체온이 12도라는 거예요?"

인간은 체온이 떨어져 35도만 되어도 저체온증으로 쇼크사할 수 있다는 것을 연아는 잘 알고 있었다.

알래스카에서 자라온 탓에 저체온증에 대해서는 어릴

때부터 단단히 교육을 받은 덕분이다.

지금 재중의 체온이 12도라는 것에 황당한 연아가 급히 재중의 손을 잡았다.

"앗, 차가워!"

마치 냉장고에서 갓 꺼낸 차가운 음료수를 잡은 듯 재중의 손이 차갑게 느껴졌다.

실제로 그 정도로 차가운 것은 아니다.

그러나 사람이 12도까지 체온이 내려가는 경우는 죽은 시체를 제외하고는 없다는 것을 생각하면 연아가 느끼는 것은 실제보다 많이 낮은 온도였다.

─동면이에요.

"…네? 동면이면… 동물들이 겨울잠 자는… 그거요?"

─네, 드래곤의 수면은 그냥 간단하게 설명하면 동물들의 동면과 비슷해요.

깊이 들어가면 그것 이상의 여러 가지 것이 많지만, 지금 재중이 드래곤인 것도 억지로 이해한 연아에게 더 이상은 무의미한 정보였기에 테라는 단순하게 알려주었다.

"이 상태로… 천 년을 자는 건가요?"

연아는 이렇게 차가운 몸으로 오랜 세월을 잠들어야 하는 재중의 모습에 눈물을 흘렸다.

"오빠… 오빠… 나 연아야. 눈을 떠봐."

연아가 울면서 재중을 불렀지만 미동도 없는 재중이다.

오히려 연아가 재중을 부르는 이 순간에도 재중의 체온은 또 1도나 떨어져 11도였다.

"또 떨어졌어. 도대체 체온이 얼마까지 떨어지는 거죠?"

상식적인 수준에서는 재중은 이미 죽은 시체나 다름없었다. 그나마 심박 수가 일정하게 유지되고 있었기에 연아는 아직 재중이 살아 있다는 것을 알 수가 있었다.

하지만 계속 떨어지는 체온은 연아에게 거슬릴 수밖에 없었다.

—0도까지 떨어집니다.

"네?!"

지금까지 가만히 서 있던 흑기병의 대답에 연아는 너무 놀라서 잡고 있던 재중의 손을 놓쳐 버렸다.

"그렇게… 체온이 떨어져도… 살아 있을 수 있나요?"

상상을 넘어선 대답에 연아가 떨리는 목소리로 묻자,

—마스터는 드래곤이니까요.

"아……!"

모든 것이 드래곤이니 당연하다는 대답에 연아는 자신도 모르게 고개를 끄덕였다.

황당한 대답이었지만 묘하게 설득력이 있는 흑기병의

말이었다.

두 시간가량 잠든 재중을 쳐다보면서 체온이 떨어지는 것을 지켜본 연아는 결국 발길을 돌렸다.

더 이상 지켜보기에는 연아도 너무 지쳐 있고 상황을 받아들이는 것도 쉽지 않았기에 우선은 돌아가기로 한 것이다.

"오빠를 보려면… 어떻게 해야 하죠?"

연아가 테라에게 물었다.

─그냥 제게 말하면 됩니다.

"어떻게요?"

연아가 자신에게 말하라는 테라의 말에 고개를 갸웃거리자,

싱긋~

상큼한 미소를 지은 테라가 연아의 그림자 속으로 들어갔다.

"…그렇군요."

연아는 테라가 자신의 그림자 속으로 들어가는 순간, 말하면 된다는 뜻을 바로 이해할 수 있었다.

어차피 그림자 속에 항상 있으니 찾을 필요가 없을 터이다.

　　　　＊　　　＊　　　＊

"오빠가 잠든 지도… 벌써 30년이네요."

흰머리가 조금씩 보이는 60대에 접어든 연아가 나직이
한마디 하자,

—아직 시작이니까요.

연아의 그림자가 살아 있는 듯 꿈틀거리더니 그림자 속
에서 테라가 모습을 드러냈다.

30년이 지난 지금도 여전히 처음 만났을 때와 같은 젊
은 모습으로 말이다.

"서영이는 결국 고집을 부려서 결혼도 하지 않고… 천
산그룹을 이어받아 천산그룹의 회장이 되었는데… 그게
미안해요, 지금도."

연아는 재중을 처음 만나고 돌아온 날 재중이 여행을
떠났다고 했다.

언제 돌아올지 모르는 여행을 말이다.

재중에 대한 마음을 접고 그만 다른 사람을 찾아보라는
뜻에서 대충 둘러댄 말인데 천서영의 반응은 뜻밖이었다.

"그럼 전 기다리겠어요."

"…무모해요. 영원히 돌아오지 않을 거예요."

연아는 천서영이 말은 저렇게 해도 결국 지쳐서 다른 남자를 만나 결혼해 잘살 것으로 생각하고 그냥 흘려들었다.

그런데 재중이 수면기에 빠진 지 30년이 지난 현재도 천서영은 독신이었다.

남자는커녕 대기업이라면 흔한 중매조차도 가차 없이 거절하면서 말이다.

거기다 천산그룹의 다른 경쟁자들을 모두 물리치고 지금은 천산그룹의 회장 자리에 앉아 있는 철혈의 여제로 변해 버렸다.

대한민국 기업 중에 처음으로 강제 육아 휴직을 시키는 황당한 시스템을 도입한 것을 시작으로 천서영이 천산그룹의 회장이 된 뒤로 과거의 천산그룹은 아예 사라져 버렸다.

그저 대기업이라는 이미지를 완전히 벗어던진 천산그룹은 천서영의 손에서 대한민국에서 죽는 순간까지도 출근해서 일하고 싶은 직장 1위라는 타이틀을 현재 10년째 유지하고 있는 기업으로 탈바꿈했다.

─천서영에게 미안한 것은 그녀가 천산그룹의 회장이 되는 것을 도와준 것으로 보답이 되었을 겁니다, 작은 마

스터.

테라는 천서영에게 여전히 미안한 감정을 가지고 있는 연아에게 위로하듯 말했다.

사실 천서영이 천산그룹의 회장이 될 수 있었던 것은 거의 90% 정도 연아의 도움이 있었기 때문이다.

전 세계의 자본을 움직이는 스몰 핸드라는 이름을 가진 연아가 천서영의 뒤에서 자금을 쏟아내듯 지원하는 이상, 천서영의 회장 자리는 철벽의 성이나 마찬가지였다.

사실 초반 천서영이 사장 자리에 올랐을 때, 수익의 100%를 모조리 직원 복지와 신기술 개발에 쏟아버리자 천산그룹 내부에서는 난리가 났었다.

천산그룹을 말아먹는 짓이라고 사장실까지 찾아와서 협박하는 다른 형제와 친척들 때문에 사장실 문을 열어놓고 있을 정도였다.

하지만 어느 순간 그런 친척들의 협박과 욕설이 사라져 버렸다.

연아가 150억 달러라는 엄청난 돈을 천서영 개인에게 지원하자 천서영을 어떻게든 끌어내려 사장 자리를 차지하려고 하던 사람들이 할 말을 잃어버린 것이다.

갑자기 사라진 선우재중을 대신해서 선우재중의 모든 것을 물려받은 선우연아는 등장하자마자 월가를 뒤흔들어 놓았고, 급기야 세계 경제를 움직이는 가장 큰손이라는 별명까지 얻었다.

그리고 그런 큰손이 천서영에게 6개월마다 150억 달러를 지원하겠다고 했다.

천서영이 회장직에서 물러나는 날까지 말이다.

당시 전 세계가 연아를 보고 미쳤다고 했다.

6개월에 한 번씩 150달러면 1년에 300억 달러이다.

한화로 무려 35조 원이나 되는 돈을 투자도 아닌, 그냥 지원하겠다는 말이니 말이다.

그런데 그런 평가가 긍정적인 평가로 바뀌는 것은 불과 몇 년이 걸리지 않았다.

세계적인 그룹이라는 고글보다 신의 직장이라는 별명을 가지고 전 세계에서 일하고 싶은 직장 1위에 올라선 천산그룹의 브랜드 가치가 숫자로 환산하기 힘들 정도로 급상승한 것이다.

하지만 연아는 여전히 매년 300억 달러를 천서영 개인에게 지원하고 있었다.

천서영은 그 돈을 기반으로 여전히 새로운 시도를 하고 있었다.

"오빠의 체온은 여전하죠?"

30년 동안 수차례 재중을 찾아갔던 연아는 어느 순간부

터 재중을 찾아가는 것을 자제하고 테라에게 재중의 체온
을 묻는 것으로 대신하기 시작했다.

체온의 변화가 있지 않는 이상 재중이 깨어나는 것은
사실상 불가능하다는 테라의 말을 이해하면서부터이다.

천 년이다.

말이 천 년이지 그걸 기다려야 하는 연아에게는 영원한
이별이나 마찬가지였다.

차라리 죽은 사람이라면 잊어버리기라도 하겠지만, 멀
쩡히 살아 있고 그저 오랜 시간을 잠들어 있는 재중을 더
이상 지켜보는 것이 힘들었던 것이다.

"이만 움직이죠. 시우바 그룹의 그 말괄량이가 몇 달 전
부터 나를 귀찮게 해서 한 번은 가봐야 할 것 같으니까
요."

연아는 재중이 만들어놓은 인연을 계속 유지하면서 살
아가고 있었다.

바네사는 현재 연아의 직속 수행비서이자 유럽 쪽 투자
를 담당하고 있기에 잠시 떨어져 있지만 브라질에서 다시
만나기로 되어 있는 상태였다.

세계에서 가장 돈이 많은 여인이라는 별칭과 달리 연아
는 특이하게 언제나 혼자 다녔다.

바네사가 있을 경우를 제외하면 말이다.

운전까지 연아 스스로 할 정도로 완전 무방비 상태로
다녔지만, 그 누구도 연아를 건드릴 생각을 하지 못했다.

아니, 초반에는 수차례 연아를 노리는 녀석들이 있었
다.

연아의 돈을 노린 테러 단체는 기본이고 다른 국가의
정보국 요원들도 한참이나 귀찮게 했다.

하지만 참다 참다 결국 폭발한 연아가 테라에게 수호룡
의 맹세를 외치면서 철저하게 응징하라고 요구하자 불과
3일 만에 쥐 죽은 듯 조용해졌다.

테러 단체가 있는 곳은 하늘에서 불덩이를 쏟아내 도시
뿐만 아니라 테러 단체를 지원하는 국가까지 완전 쑥대밭
을 만들어 버렸고, 각국의 정보기관은 세프의 도움을 받아
서 아주 뒤집어 버렸다.

그리고 황당하게도 대놓고 연아를 건드린 대가라고 공
공연하게 광고하자 집요하게 귀찮게 하던 것들이 순식간
에 사라져 버렸다.

뭐 간간이 킬러가 연아를 노리긴 했지만, 그것도 테라가
옆에 있는 이상 무의미했기에 그냥 무시해 버렸다.

*   *   *

또각또각, 또각…….

옥상에서 연아가 건물 안으로 들어가자,

"아래에 차 대기시켜 놓았습니다."

기다렸다는 듯 한국에서만 연아를 수행하는 수행비서가 안내를 시작했다.

그런데 얼마나 걸었을까? 갑자기 연아의 걸음이 멈추었다.

"어디 불편하십니까?"

수행비서는 갑자기 연아가 멈춘 것에 뒤를 돌아보고는 고개를 갸웃거렸다.

지금까지 수년을 수행했지만 지금처럼 놀란 표정을 지은 연아를 본 적이 없기 때문이다.

"무슨 일이십니까?"

수행비서가 너무 놀란 표정으로 한곳을 응시하는 연아의 시선을 따라 고개를 돌렸다.

그곳에는 청바지에 흔한 티셔츠, 그리고 패션의 완성은 얼굴이라는 것을 증명하듯 굉장한 미남의 20대 초반의 청년이 서 있다.

"아시는 분입니까?"

수행비서의 눈에는 연아의 시선이 닿은 곳에 사람이라고는 그 젊은 청년뿐이기에 조심스럽게 묻자,

또각또각, 또각…….

수행비서의 말을 무시한 연아가 그대로 빠르게 청년을 향해 걷기 시작했다.

"넘어지십니다."

평소 천천히 걷는 연아라고 생각되지 않을 만큼 빠르게 걷는 모습에 당황한 수행비서가 따라갔지만 도무지 따라잡을 수가 없었다.

"오랜만이구나."

60대 중반의 여인이 된 연아를 본 젊은 청년이 웃으면서 인사를 해왔다.

"오빠… 깨어났구나……!"

연아는 젊은 청년, 아니, 30년 전 잠들기 전에 만난 모습과 웃는 표정 그대로 돌아온 재중을 보면서 자신도 모르게 눈물을 흘렸다.

그리고 있는 힘껏 재중의 가슴을 향해 주먹을 날렸다.

탁!

하지만 그저 부드럽게 받아주는 재중이었다.

그리고 보자마자 화를 내는 연아를 본 재중이 웃으면서 말했다.

"뭐… 너무 잤더니 허리가 아파서 그냥 일어났어."

"후후후훗, 재미없는 농담은… 여전하구나, 오빠는."

씨익~

재중은 연아의 애정이 가득한 타박에 그저 입가에 웃음을 지을 뿐이었다.

"민서와 종혁이가 보고 싶어서 깨어나자마자 바로 온 거야."

이미 연아가 결혼해서 낳은 자식들 이름까지도 알고 있는 재중이 환하게 웃으며 말했다.

"지금 브라질에 있어."

"브라질?"

"응. 거기서 경영 수업 하고 있거든."

"혹기병 말로는 내가 하던 것을 이어받았다면서. 테라가 옆에 있으니 별문제 없을 텐데 웬 경영 수업?"

"종혁이가 시우바 그룹 후계자야."

"응? 내 조카 종혁이가 왜 시우바 그룹의 후계자가 된 거야?"

뜬금없이 연아의 아들이 시우바 그룹의 후계자라는 말에 재중이 묻자,

"후후후훗, 그냥 오빠가 울린 여자들 달래려고 돈 좀 썼거든."

"…그래?"

간단하게 말하는 연아의 모습에 재중도 대충 넘겨 버

렸다.

하지만 재중은 몰랐다.

연아가 시우바 그룹의 주식 100%를 가지고 있는 실질적인 소유주라는 것을 말이다.

그리고 재중과 맺어지는 것에 실패한 시우바 그룹의 손녀 케롤라인이 자신의 딸과 종혁을 결혼시키려고 계획 중이라는 것도 아직은 전혀 모르고 있는 상태였다.

그런데 곧바로 움직이려는 재중을 연아가 불러 세웠다.

"오빠."

"응?"

"서영이 아직도 혼자……."

"…알아. 하지만 서영이와 난… 어차피 이어질 수 없어. 너도 알다시피."

늙지 않는 재중과 이미 50대를 넘어선 천서영이다.

과거라면 문제없을지 모르지만, 지금은 여러 가지로 문제가 많을 수밖에 없었다.

거기다 재중은 공식적으로 실종 신고를 했고, 결국 사망 처리된 상태이다.

30년 넘도록 나타나지 않고 존재조차 찾을 수 없는 사람은 보통은 죽었다고 판단했으니 말이다.

"알아. 하지만 오빠."

"응?"

"최소한 다른 여자는 서영이 늙어 죽은 다음에 만나야 돼. 만약 그걸 어기면 가족을 떠나 같은 여자인 내가 용서 못해. 알았지?"

"알았어. 어차피 난 여자한테 관심도 없으니까."

"… 그리고 다시는 잠들지 마. 알았지?"

"응."

대화 내용만 놓고 본다면 어디서나 들을 수 있는 평범한 남매의 대화 내용이다.

다만 60대 중반의 연아가 20대 초반의 재중에게 오빠라고 하면서 친근하게 대하는 모습을 모두 지켜본 수행비서는 도대체 재중이 누군지 궁금하기 그지없었다.

굉장히 잘생기고 매력적인 남자이긴 했지만, 대통령도 연아를 만나면 어려워하는데 그런 연아를 어린애 다루듯 하는 재중이 말이다.

"저기… 전 선우연아 여사님의 수행비서인 전혜인이라고 합니다. 누구신지 여쭈어도 될까요?"

결국 연아와 친근한 재중을 향해서 수행비서인 전혜인이 먼저 다가왔다.

"한동안 집 나갔던 오빠입니다."

"네?"

"그럼 먼저 브라질로 간다고 전해주세요."

스르륵.

"저기… 헉! 공간이동!!"

전혜인은 우연히 연아와 함께 잠깐 한국에 입국했을 때 처음으로 마법사라는 것이 실존한다는 것을 알게 되었다.

이후로 나름 마법사에 대해서 조사했기에 지식만큼은 상당한 수준이었다.

하지만 공간이동만큼은 전혜인도 직접 목격한 게 처음이기에 놀라서 벌린 입을 다물지 못했다.

그녀는 문득 떠오르는 사람이 있었지만, 애써 고개를 흔들면서 무시했다.

"선우재중? 아니야. 30년 전 사람이잖아. 70을 바라보는 노인이 되었을 텐데… 저렇게 젊은 사람일 리가 없지."

전혜인은 연아에게 오빠라고는 오직 선우재중이라는 희대의 풍운아뿐이라는 게 떠올랐지만, 재중의 나이와 지나간 세월을 생각하고는 무시해 버렸다.

하지만 이상하게 여자로서의 감각이 재중이 연아의 오빠일지도 모른다는 황당한 상상을 하게 만들었다.

*　　　*　　　*

한편 브라질로 순식간에 공간이동해서 날아온 재중이
피식거리면서 웃었다.

"오빠, 왜 웃어?"

"아까 네 비서 말이야."

"아, 혜인이?"

"마법에 소질 있더라. 잘만 가르치면 7서클까지도 가능
할 거야."

"…진짜?!"

재중은 드래곤이었다.

마법에 관해서는 그 누구보다 정확하고 믿을 수 있기에
연아는 화들짝 놀랄 수밖에 없었다.

전혜인은 자신의 수행비서이긴 하지만 연아와 같은 고
아 출신이다.

우연히 고아원에서 전혜인을 보고 마음에 들어 적극적
으로 지원했고, 딸처럼 생각하는 아이였기에 더욱 기뻤
다.

"사이먼한테 먼저 보내서 기초를 만들면 테라에게 맡겨
봐. 마법에 관해서는 나보다 더 전문가니까."

"응."

"그보다… 30년이라… 많이 변했구나."

재중이 잠들었던 당시 시대도 상당히 발전했었지만 지

금 브라질을 보고 있는 재중의 눈에는 세상이 혁신을 한 것 같은 느낌을 받을 정도였다.

빌딩 사이에 모노레일이 깔려서 건물과 건물 사이로 직접 움직이는 교통수단을 보는 순간 재중은 자신이 오랫동안 잠들었다는 것을 다시 한 번 깨달았다.

"오빠."

"응?"

"어떻게 이렇게 일찍 깨어난 거야?"

"후후훗, 내 안의 누군가가 나를 자꾸 깨워서 말이야."

"……?"

"그런 게 있어. 그래도 덕분에 이렇게 너를 다시 만났잖아? 안 그래?"

"그거야 그렇지. 아무튼 다행이야."

"그래."

"그보다 오빠는 이제 어떻게 지낼 생각이야? 원한다면 내가 자리 만들어둘게."

"아, 한동안 아는 분 신세 좀 지려고."

"아는 분?"

"응, 그분도 곧 멀리 떠날 계획이 있는데 그동안 말동무나 해달라고 해서 한동안 같이 지낼 생각이야."

"…오빠!"

갑자기 예리한 눈빛으로 재중을 쳐다보는 연아가 재중의 눈동자를 똑바로 쳐다보면서 재중을 불렀다.

"왜?"

"신세진다는 분, 여자지?"

"응."

"역시… 오빠는 정말… 세상에서 가장 나쁜 남자야!"

연아가 짜증 난다는 듯 강하게 외치자,

"알아. 나 나쁜 남자인 거. 후후후훗."

재중은 그저 웃으면서 담담히 대답할 뿐이었다.

『재중 귀환록』 완결

이경영 판타지 장편소설

FANTASY FRONTIER SPIRIT

그라니트

용들의 땅

GRANITE

사고로 위장된 사건에 의해 동료를 모두 잃고 서로를 만나게 된 '치프'와 '데스디아'.
사건의 이면에 상식을 벗어난 음모가 있음을 알게 된 둘은
동료들의 죽음을 가슴에 새긴 채 각자의 고향으로 돌아간다.
2년 후, 뜻하지 않게 다시 만난 두 사람은 동료들의 복수를 위해
개척용역회사 '그라니트 용역'을 설립해 다시금 그 땅을 찾게 되는데……

용들이 지배하는 땅 그라니트!
그곳에서 펼쳐지는 고대로부터 이어지는 운명적 만남,
깊어지는 오해, 그리고 채워지는 상처.

『가즈 나이트』시리즈 이경영 작가의 미래형 판타지 신작!

Book Publishing CHUNGEORAM

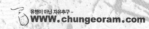
유행이 아닌 자유추구 -
WWW.chungeoram.com

FUSION FANTASTIC STORY

인기영 장편소설

리턴 레이드 헌터

Return Raid Hunter

하늘에 출현한 거대한 여인의 형상……
그것은 멸망의 전조였다.

『리턴 레이드 헌터』

창공을 메운 초거대 외계인들과
세상의 초인들이 격돌하는 그 순간.
인류의 패배와 함께 11년 전으로 회귀한 전율!

과연 그는, 세계의 멸망을 막을 수 있을 것인가.

**세계 멸망을 향한 카운트다운 속에서 피어나는
그의 전율스러운 이야기!**

Book Publishing CHUNGEORAM

유행이 아닌 자유추구 -
WWW.chungeoram.com